AF304074

Grindslanten

Für Solli.
Jäd.
Mein kleiner Beitrag zu gestrickten Decken.
Käffchen?

Herstellung und Verlag: BoD – Books on Demand, Norderstedt
ISBN: 9783759721365

3., korrigierte Auflage

"Men se, där står en liten filosof, some icke bryr sig om
att deltaga i striden, utan blott ser på."

Svenska Familj-Journalen 1888

Personen:

August Malmström	ist ein Junge vom Lande
Filip Lundin	ist manchmal schwer von Begriff
Hanna Helin	ist an Hintergründen interessiert
Malin	ist redselig
Frida	ist neugierig
Jocke	ist im Handel tätig
Pernilla Lindh	ist engagiert
Rune Runsten	ist kein guter Fotograf
Gustav von Segebaden	ist von Geschlecht
Petar Stoijanovic	ist einer von einigen
Rolf Sand	ist konsequent
Jossan Josefine Höglund	ist mit einem großen Herzen gesegnet
Eddi	ist großzügig
Waranya	ist voller Wissen
Staffan	ist befreundet

Prolog - Nubbekullen, Östergötland, 1846

Der kalte Wind aus Osten drückte den Regen gegen die Fensterscheibe. Abendbrot würde es erst in ein paar Stunden geben und doch war es für Brita Stina schon fast zu dunkel zum Nähen. Der Herbst kam früh in diesem Jahr. Sehnsüchtig blickte sie zum Schrank, doch sie fürchtete, dass es Streit provozieren würde, wenn sie sich jetzt schon eine der kostbaren selbstgezogenen Kerzen ansteckte.

Nicht heute.

Die Tür zur Diele knarrte, dann hörte Brita Stina ihren Mann fluchen, was sie mit einem stummen Kopfschütteln kommentierte. Die schweren Stiefel polterten auf die Dielen, dann das Ächzen der Wand, als ihr Mann die durchnässte Jacke an den schmiedeeisernen Haken hängte. Sie legte das Nähzeug zur Seite und ging zum Herd, auf dem eine Kanne Kaffee duftete. Obwohl es nicht Sonntag war.

„Kaffee?" fragte Anders Gustaf Malmström und ließ sich schwer auf den Stuhl am Küchentisch fallen. Eine schwarze Katze auf der Küchenbank beäugte ihn kurz und kuschelte sich dann wieder in ihr Fell.

Statt einer **Antwort schenkte** Brita Stina eine Tasse ein und stellte sie vor ihren Mann.

„Das gute Geschirr?"

Sie nickte.

„Ist es ein guter Tag?"

Anders Gustaf nahm einen Schluck und seufzte genießerisch. Dann entspannten sich seine wettergegerbten Gesichtszüge.

„Gott sei's gelobt." Brita Stina bekreuzigte sich.

„27 Reichstaler."

Zwei mehr als erwartet.

Sie legte ihre Hand auf seine Wange.

„Ich bin stolz auf dich".

„Die nächste Zeit wird hart."

„Dann verpachte den Acker an den alten Svensson."

Anders Gustaf grunzte vage.

„Weiß es August schon?"

Er schüttelte den Kopf.

„Wer hat den Ochsen gekauft?"

„Der Bürgermeister."

„Weiß er, wofür wir das Geld brauchen?"

Anders Gustaf lehnte sich zurück.

„Ich habe es ihm nicht gesagt. Gerade sein Sohn ist immer einer von denen, die neidisch sind."

Brita Stina nickte.

„Ja, ein Sohn armer Tagelöhner darf kein Künstler werden."

Sie sah ihren Mann voller Wärme an und nahm seinen Arm.

„Ich bin froh, dass du anders denkst. Unser Sohn ist nicht nur ein einfacher Junge vom Land. Er ist etwas ganz Besonderes."

Sanft strich sie ihm über die raue Hand.

„Der Bürgermeister also. Schön. Der war doch schon immer an dem Ochsen interessiert. Und wer weiß, wofür es gut ist. Bestimmt gibt er dir jetzt noch öfter Aufträge und erkennt endlich, wie gut du als Zimmermann bist. Ich habe gehört, dass ein Schulhaus gebaut werden soll. Da wird der beste Zimmermann der Gegend ganz sicher Arbeit finden. Und die Kirche soll neue Regale bekommen, mit Ornamenten und Verzierungen, so wie nur du sie kannst."

Sie zeigte auf den Schrank.

„Wer sagt das?"

„Dass nur du sie kannst?"

Er lachte.

„Dass die Kirche Regale braucht."

„Und einen Altar."

„Wer sagt das?"

„Die alte Elsa."

Er nickte. „Die kennt sich aus."

Anders Gustav nahm einen weiteren Schluck Kaffee und blickte seine Frau ernst an.

„Ist das alles wirklich richtig? Was wenn es nicht klappt? Er nicht genug Talent besitzt."

„Andersson irrt nicht. Unser August hat großes Talent. Frau Mörner, seine Lehrerin, hat mir neulich erzählt, dass er nicht nur so gut lernt wegen seines erstaunlichen Gedächtnisses, sondern dass sie noch kein so talentiertes **Kind je hat zeichnen** sehen. Denk nur mal an die Aquarelle von Karl XII, die er gemalt hat."

„Andersson ist freundlich. Der würde nie etwas Schlechtes über den Jungen sagen. Wenn ich keine Arbeit als Zimmermann bekomme, müssen wir hungern. Ich kann den steinigen Acker nicht allein bestellen.“

„Unser Sohn **Israel wird dir** helfen. Er ist stark.“ Sie sah ihren Mann voller Wärme an. „Unser August wird ein ganz Großer. Erinnere dich, dass er sogar schon Bilder verkauft hat. Und dann werden sie sich alle wundern, alle, die gelacht haben über den Sohn eines Kleinbauern, der malt. Und Geld wird er uns schicken, du kennst deinen Sohn. Er hat ein gutes Herz.“

„Medevi Brunn ist nicht Stockholm.“

„Aber Nils Andersson ein Maler. Vertraue ihm. Vertraue August.“

Sie setzte sich und nahm ihr Nähzeug auf.

Anders Gustaf stand auf und ging zum Schrank. Zu ihrer Überraschung entnahm er eine der kostbaren Kerzen, zündete sie am Herdfeuer an und stellte sie vor seine Frau.

Sie lächelte ihn dankbar an. Er küsste sie sanft auf die Stirn und ging dann aus der Küche.

„Ich hole August, damit wir ihm die frohe Botschaft mitteilen können.“

Gut, dass er einen uralten Saab fuhr. Die Gegend um „Trollets Loppis" wirkte so, als würde man ein teureres Auto nach dem Einkaufen auf Ziegelsteinen aufgebockt wiederfinden, die Felgen schon auf dem Weg irgendwo nach Osteuropa zusammen mit Navi und den Airbags.

Verfallene Lagerhallen, Autowracks, Plastiktüten, die der Wind an verrostete Drahtzäune geweht hatte. Fehlte nur, dass sich ein paar behandschuhte Obdachlose um ein brennendes Ölfass scharten und sich die klammen Finger wärmten. Manchmal kamen ihm Teile des Bezirks „Öster" immer noch wie die Bronx vor. Jedenfalls für einen kleinen Jungen, der so friedlich und behütet in Småland aufgewachsen war wie er.

Filip Lundin war auf der Suche nach Hintergründen. Er kaufte sie immer bei Trödlern wie „Trollets Loppis", allerdings lieber auf dem Land, nicht bei den Profis. Es war nicht die Art von Hintergründen, die Ursache war für Armut und Verwahrlosung oder die Gewalt, die mittlerweile auch so beschauliche Städte wie Malmö erreicht hatte. Er suchte Hintergründe nicht im journalistischen Sinne, sondern aus Leinen oder Damast. Obwohl: War seine Arbeit nicht der eines Journalisten vergleichbar? Nur, dass er als Blogger und freier Fotograf keinen Journalistenausweis bekam.

Der Typ hinter dem Tresen, Benny oder Kenny, genau wusste Filip das nicht, begrüßte ihn wie einen alten Bekannten, wie ein Barkeeper den allabendlichen Gast, der immer dasselbe trinkt und es unverlangt erhält.

„Sind ein paar schöne neue Bestecke reingekommen", nuschelte er und fummelte weiter Heftklammern aus alten Zeitungen, um sie als Einwickelpapier auf einen großen Stapel zu legen.

„Ich gucke mal", erwiderte Filip, „heute brauche ich Handtücher. Weiße. Mit Stickereien."

Benny-Kenny wies unbestimmt nach links und murmelte irgendwas Unverständliches.

Es roch muffig. Er nickte der Frau zu, die Bücher aus Kartons packte. Sie hieß Linda und hatte lange versucht, mit Filip zu flirten, ehe sie einsah, dass ihn auch ihr tiefes Dekolleté nicht zu überzeugen vermochte, mit ihr etwas anzufangen. Obwohl sie ziemlich hübsch war mit ihren feinen Gesichtszügen und den zu einem wilden Dutt aufgebundenen roten Haaren.

Filip kämpfte sich durch eine Gruppe von Jugendlichen, die Bananenkartons mit alten Schallplatten durchstöberten und sich in Witzen über die Bilder aus den Sechzigern überboten. Drei Deutsche diskutierten über Bilder in abgestoßenen Goldrahmen. Natürlich war auch das Motiv mit den Kindern vor dem Tor dabei, das in jedem Loppis zu finden war. Touristen, dachte Filip. Über ihm spann sich ein Sternenmeer aus Kronleuchtern mit vergilbten, künstlichen Kerzen. Links und rechts standen meterlange Regale voller Gläser, Becher und anderem Geschirr.

Eigentlich kaufte er die Dekoration seiner Fotos lieber bei „Myrorna". Die Preise waren günstiger, das Angebot wurde hübscher und übersichtlicher präsentiert und außerdem bildete er sich ein, dass wenigstens ein Teil des Erlöses Bedürftigen zugutekam. Hier war der einzig Bedürftige Benny-Kennys Chef, weil dessen Porsche 911 mit Soundpaket und Sportlackierung ihm die wenigen Haare vom Kopf fraß.

Filips iPhone vibrierte, doch da er wusste, wie schlecht der Empfang in der ehemaligen Lagerhalle war, ignorierte er das beständige Summen. Benny-Kenny packte gerade mit aller Gemütsruhe die Einkäufe der Deutschen ein und fragte die Frau etwas auf Deutsch. Sie antwortet scheinbar etwas Lustiges, denn alle lachten. Sie hatten sich nicht nur für das Loppis-Standard-Bild entschieden, sondern wollten scheinbar einen Handel mit Zuckerdosen eröffnen, betrachtete man die Anzahl, die Benny-Kenny in alte Dagens Nyheter wickelte. So hatte diese Zeitung wenigstens einen Sinn.

Endlich war Filip an der Reihe.

„Was wollten die denn mit so vielen Zuckerdosen?", fragte er Benny-Kenny.

„Die eröffnen ein Restaurant in Deutschland und kaufen die Einrichtung hier in Schweden."

Ein Restaurant mit einer Sperrmüll-Einrichtung, dachte Filip und schüttelte den Kopf. Mutig.

Er bezahlte seine Handtücher und war froh, wenig später wieder an der frischen Luft zu sein. Filip freute sich schon darauf, die Fotos von einem Apfelkuchen fertig zu stellen. Alles war bereit. Und auf

den leckeren Kuchen selbst freute er sich auch. Leider, wie ihm sein Gürtel gelegentlich unaufgefordert verriet.
Wieder vibrierte sein Telefon. Unbekannte Nummer. Filip drückte auf den grünen Punkt und nahm an.

Der gute Onkel Lars. So ein Ende hätte dem knorrigen Mann mit schrägem Humor sicherlich gefallen. Herzschlag beim Sex. Nur die Frau tat Filip leid. Also die Frau, mit der Onkel Lars im Bett gewesen war, während seine Ehefrau im Heim dahinvegetierte. Aber vielleicht sollte Filip nicht so streng mit ihm sein. Er selbst wusste nur zu genau, dass es manchmal nicht so einfach war, seine männlichen Bedürfnisse zu stillen, wenn man keine Frau oder Freundin dafür hatte.

Onkel Lars war eigentlich gar nicht sein Onkel. Oder sein Großonkel? Auf jeden Fall jemand, der scheinbar keinen näheren Verwandten hatte als seinen Neffen – Großneffen? – um sein Haus zu vererben. Der Anruf, der ihn bei „Trollets Loppis" erreicht hatte, kam von einem betagten Anwalt, dessen Büro am Marktplatz von Karlshamn lag und der, was Filip ein paar Tage später feststellen durfte - so roch, als würde Onkel Lars bald Gesellschaft bekommen.

Jetzt saß Filip an der Kaimauer des Hafens und blickte auf die Ölfabrik gegenüber. Ein paar Angler versuchten ihr Glück, obwohl die Heringszeit vorbei war. Überhaupt sollte es kaum noch Fisch geben, hatte er gerade irgendwo gelesen. Ein schwacher Geruch erinnerte ihn an Onkel Lars, der ein paar Jahre in der Fabrik gearbeitet hatte. Auf dem Glasspråm, der fest mit dem Kai vertäut im Wasser der Ostsee lag, hatte Filip sich ein Eis geholt, das jetzt schwarz über seine Hose tropfte. Wie früher, so erinnerte er sich, war die Kühlung nicht der Rede wert und er musste plötzlich an Salmonellen denken. Außerdem hätte er Zitrone statt Lakritz nehmen sollen.
Zuletzt hatte Filip seinen Onkel bei der Beerdigung seiner Mutter gesehen, aber kaum mit ihm gesprochen. Dabei war er als Kind häufig zu Besuch bei ihm gewesen. Filip überlegte, wie lange das her war. 35 Jahre? Mein Gott, was war inzwischen alles passiert. Er dachte an seine Mutter. Die Schulzeit, Studium. Ausbildung. Der Umzug nach Malmö. Und natürlich Suzanna.
Filip atmete tief ein und aus. Im öligen Hafenwasser spiegelte sich sein Gesicht. Die leichten Wellen machten sein Gesicht länger. Älter. Passte zu den ersten grauen Haaren in seinem ungekämmten Schopf

und dem 5-Tage-Bart. Ein Insekt flog summend vorbei. Der Onkel hatte Bienen gehabt und es hatte dem kleinen Filip gefallen, die Körbe zu entleeren, die Waben zu schleudern und den frischen Honig von den Fingern zu lecken. Oder auch mal heimlich an der Pfeife des Onkels zu ziehen. Es waren schöne Wochen gewesen, die Filip jeden Sommer in dem Haus am Fluss verbracht hatte und doch war er überrascht, wie viel Freude diese Aufenthalte auch seinem Onkel bereitet hatten, wie er es in seinem Testament überraschend liebevoll, fast poetisch, geschrieben hatte.

Das Haus lag über dem Mörrum, von einer hölzernen Veranda konnte man die Angel in den im Sommer an dieser Stelle träge dahinziehenden Fluss werfen. Einmal hatte er einen Lachs gefangen und ihn beim Herausziehen direkt auf den Tisch geworfen. Was hatte seine Tante geschrien.

Im Garten standen Apfelbäume und, wenn er sich richtig erinnerte, mehrere Kirschen und bemooste Bäumchen mit Pflaumen. Wahrscheinlich war alles längst zu Brennholz verarbeitet, dachte Filip und warf die Waffel ins Wasser. Sofort zankten sich zwei Möwen darum. Er fühlte nach dem Schlüssel in seiner Hosentasche. Er hatte ein Haus!

Nur: Was sollte er damit?

Sein Leben spielte sich in Malmö ab, einer pulsierenden Mini-Metropole. Mit Kopenhagen in der Nähe, wenn er eine richtig große Stadt brauchte.

Ich werde es verkaufen, dachte Filip. Und von dem Geld mache ich eine schöne Reise und besaufe mich zu Ehren von Onkel Lars. Auch das hätte dem Alten gefallen.

Es fühlte sich an, als wäre er in die Vergangenheit gezaubert worden. Die schmiedeeiserne Pforte war krachend ins Schloss gefallen und plötzlich befand sich Filip wieder in seiner Kindheit. In kurzen Hosen, mit einem kleinen Köfferchen in der Hand, voller Vorfreude auf die Ferien, unter den knorrigen Apfelbäumen. Sie waren gewachsen, er war gewachsen. Alles war gleich. Sogar das Wetter. In seiner Erinnerung waren die Sommer seiner Kindheit immer heiß und sonnig gewesen. Je älter er wurde, desto mehr veränderte sich das Wetter und er war sich nicht sicher, ob das allein dem Klimawandel zu verdanken war.

Filip blickte zur weißumrandeten Tür der falunroten Kate, die erst kürzlich gestrichen worden sein musste. Es war, als könne er augenblicklich den Bienenhonig seines Onkels schmecken, als würde der Apfelkuchen seiner Tante aus dem Küchenfenster duften oder seine Finger vom Pflaumenmus kleben. Tatsächlich, selbst die Pflaumenbäume waren noch da, etwas größer, ihre langen Flechten, Bärten gleich, langsam im Wind schaukelnd. Er schloss die Augen und das Rauschen des warmen Windes vermischte sich mit den Geräuschen des Flusses hinter dem Haus. So stand er eine Weile da, ehe ein Vogel schrie und ihn zurückholte.

Filip ging langsam auf das Haus zu. Der Schlüssel lag kalt und ungewohnt in seiner Hand; in Malmö hatte er ein Schloss, das er mit einer Zahlenkombination öffnen konnte. Nicht alles war wie früher. Onkel Lars hatte einen Kiesweg zum Haus gelegt. Jetzt kämpfte sich Unkraut recht erfolgreich durch die Steine, die unangenehm scharfkantig wirkten. Er würde sie wieder entfernen, dachte Filip, doch darüber sollte sich der neue Eigentümer Gedanken machen.

Der Schlüssel hakte ein wenig, doch dann öffnete sich die leicht verzogene Tür und ein Schwall abgestandener Luft empfing ihn. Der Flur war klein, eine Garderobe mit dicken Jacken, auf dem Flickenteppich derbe Stiefel, die wohl nie wieder getragen werden würden. Als Kind hatte er die gern angezogen, sie waren viel zu groß gewesen, und dann war er, ulkige Geräusche machend, zur Belustigung seiner Tante durch das Haus gestapft. Jetzt hätten sie die richtige Größe.

Filip öffnete die Tür zur Küche. Blaue Einbauschränke. Abgewaschenes Geschirr im Abtropfgestell. Zwei mumifizierte Mäuse. Drei alte Stühle an einem derben Tisch mit einer geölten Tischplatte voller Spuren der Vergangenheit. Riefen, Kratzer, ein Ring als hätte jemand eine heiße Pfanne daraufgestellt. Die Platte erzählte eine Geschichte. Filip wusste sofort, dass er den Tisch nicht verkaufen würde. Er war perfekt als Hintergrund für Fotos.
Das Wohnzimmer war vollgestopft mit Möbeln. Schränke in verschiedenen Stilen und Größen, noch ein Esstisch, ein Sofa, auf dem sich alte Zeitungen zu gefährlich geneigten Stapeln auftürmten. Onkel Lars hatte immer gern gelesen. In Ruhe. Ohne gestört werden zu wollen. Nur wenn man das tat, konnte er böse werden.
Etwas böse.
Jetzt war die Stille vollkommen. Etwas fehlte und es dauerte, bis Filip klar wurde, was: Das Ticken der Standuhr war nicht zu hören. Er stupste das goldene Pendel an, es tickte zwei Mal, ehe die Ruhe wiederkehrte. Filip entriegelte die Tür zur Veranda und trat hinaus. Der Wasserstand des Mörrum war niedrig. Zwei Paddler mit gelben Helmen, in kurzen roten Kajaks, trieben langsam vorbei, vorsichtig steuernd wegen der scharfkantigen Felsen. Ein Reiher erhob sich und flog ohne Hast davon, immer auf der Suche nach neuer Beute. Filip bekam plötzlich Lust aufs Angeln.

Im oberen Stock erwartete ihn eine Überraschung. Das Schlafzimmer sah aus wie früher. Ein großes Doppelbett, links hatte der Onkel, rechts die Tante geschlafen. Und in der Mitte, wenn ihn Albträume plagten, der kleine Filip in der Besuchsritze. Die dicken, schweren Daunendecken, unter denen er gelegentlich klaustrophobische Anfälle bekommen hatte, lagen ohne Bezug ordentlich auf dem Bett. Filip dachte plötzlich, dass er gar nicht wusste, wo sein Onkel gestorben war. In diesem Bett? Oder bei der Prostituierten zu Hause oder gar im Auto? Er hatte keine Ahnung, wie mobil der Alte gewesen war.
Warum hatte er ihn eigentlich nie mehr besucht? Der Kontakt war grundlos eingeschlafen.
Als Filip die Tür zum nächsten Raum öffnete, in dem seine Tante früher ihre Handarbeitssachen aufbewahrt hatte, entfuhr ihm ein Ausruf des Erstaunens.

Das Licht brach durch das helle, frische Grün einer Birke. Ein Vogel trällerte den Abend ein. Vor einem Gasthof in der Nähe balgten sich Kinder um Münzen, die jemand aus einer Kutsche geworfen hatte. August Malmström seufzte tief und voller Wohlbehagen. So hatte er es sich gewünscht, als er mal wieder genug hatte von der hektischen Großstadt. Rotebro erinnerte ihn an Nubbekullen. Über 800.000 Menschen lebten in Stockholm, so hatte es in der Zeitung gestanden. Was für eine unfassbare Anzahl von Menschen. Dazu die Industrieanlagen mit ihren rauchenden Schloten. Sie verpesteten die Luft und vergifteten das Trinkwasser. Nur langsam zeugten die Verbesserungen Wirkung und hätte Malmström gekonnt, wäre aufs Land gezogen. Aber er wollte auch ein berühmter Maler und eines Tages Professor an der Akademie werden. Dafür musste er die Kröte Stockholm schlucken, doch so oft es sein schmaler Geldbeutel zuließ, nahm er die Reise mit der Kutsche nach Rotebro auf sich. Ein Kollege meinte zwar, dass Stockholm sich wegen des Baus einer Eisenbahn immer weiter ausdehnen und eines Tages Malmströms geliebtes Rotebro einfach schlucken würde, aber der Mann war ein Spinner, der auch daran glaubte, dass eines Tages Menschen durch die Luft reisen würden, nur weil er in Frankreich einen Kapitän gesehen hatte, der in einer Art künstlichem Vogel von Pferden ein Stück durch die Luft gezogen worden war. Auch wären Maler wie Malmström bald überflüssig, weil sich die Menschen nur noch Daguerreotypien an die Wände ihrer Häuser hängen würden.
Beim Gedanken an den verwirrten Kollegen musste Malmström den Kopf schütteln und sofort stoben ein paar Mücken auf. Der Winter war viel zu warm gewesen und das Frühjahr zu feucht. Er schlug nach einem der Plagegeister. Die Mücken waren das Einzige, was ihn am Landleben immer gestört hatte. Das Leben auf dem Hof. Plötzlich dachte er an seine Eltern und fasste einen Entschluss. Eigentlich zwei. Er müsste endlich seine Mutter und seinen Vater besuchen. Und was er ihnen mitbringen würde, wusste er auch schon. Er rief den Kindern zu, die das Geld aufgeteilt oder es dem Stärksten hatten überlassen müssen. Erst reagierten sie nicht, sahen nur zu dem komischen Stadtmenschen mit seiner Staffelei herüber, doch dann fasste ausgerechnet das einzige Mädchen der Gruppe Mut und trat näher. Sie hatte blonde Haare unter einem roten

Kopftuch und bewegte sich mit viel größerer Anmut und Grazie, als Malmström es auf dem Land erwartet hatte. Plötzlich vergaß er das angefangene Motiv auf der Leinwand und griff zu seinem Skizzenblock.

„Möchtest du dir was verdienen?", fragte er und das Mädchen nickte eifrig.

„Siehst du die Mücken? Für 20 tote Mücken bekommst du eine halbe Öre."

Die Augen des Mädchens leuchteten und sie begann, nach den Plagegeistern zu greifen.

Malmström nahm einen Kohlestift zur Hand und begann, das Mädchen zu skizzieren. Die Jungen standen mit ihren dunklen Mützen in der Entfernung. Malmström fragte sich, ob das Mädchen das Geld würde behalten dürfen. Auf dem nächsten Blatt skizzierte er dann die Szene, die er zuvor gesehen hatte. Eine Kutsche, die in der Ferne ihre Reise fortsetzte, ein Haus. Und Kinder, die um Münzen kämpften.

So richtig hatte niemand etwas von dem Besuch, aber Filip schien es zumindest merkwürdig, das Haus seiner Verwandten zu besitzen, demnächst zu verkaufen, obwohl seine Tante noch lebte. Wenn man das starr an eine schmucklose, ockerfarbene Decke blicken als Leben bezeichnen wollte. Jetzt saß Filip auf einem Besucherstuhl und guckte seiner Tante Gudrun beim Gucken zu. Die freundliche Pflegerin hatte ihn ermutigt, mit seiner Tante zu sprechen. Vielleicht würde sie sich freuen, wenn mal jemand anderes als das Pflegepersonal mit ihr redete, aber er solle keine Reaktion erwarten. Und so erzählte Filip vom Wetter, von seinem Job und dem Auto, denn dasselbe Modell hatten sein Onkel und seine Tante früher auch gefahren. Filip erzählte ihr auch von ihrem alten Handarbeitszimmer, das ihn so überrascht hatte, weil es über und über voll mit Variationen ein und desselben Gemäldes vollgestopft war. Er wusste nicht, ob sein Onkel damit nach dem Schlaganfall seiner Frau begonnen hatte oder die beiden gemeinsam mit dem Sammeln angefangen hatten. Jetzt jedenfalls hingen und standen da, wenn Filip es richtig geschätzt hatte, weit über hundert Varianten Malmströms „Grindslanten". Drucke in allen Größen, in allen Farben von kräftig bis verblichen oder gestickte Versionen der berühmten Kinder am Tor. Es war etwas verrückt, fand Filip, auch wenn sein Onkel immer zu einer gewissen Exzentrik tendiert hatte. Nur zu gern hätte er von seiner Tante gehört, was es mit der Sammlung auf sich hatte. Aber natürlich zeigte sie keine Reaktion.
Den eigentlichen Grund seines Besuchs ließ er aus. Was würde es ihr außer Traurigkeit bringen, vom Tod des Mannes zu erfahren? Oder dass das Haus, in dem sie fast ihr ganzes Leben verbracht hatte, nun ihrem Neffen gehörte. Zum Abschied strich Filip seiner Tante sanft über die Hand. Es war, als streiche er über Papier. Ihr Arm war übersäht mit blauen Flecken, wahrscheinlich von Spritzen, mit denen sie am Leben gehalten wurde. Von der Tür blickte ihn die Pflegerin freundlich an. Fast dankbar.
Als er ging, kam er noch kurz mit ihr ins Gespräch. Sie hieß Malin und wirkte, als könne sie nichts aus der Ruhe bringen. Filip bedankte sich für die Pflege seiner Tante.
„Das ist mein Job", meinte sie lächelnd.

Er wusste aus der Presse, aber auch von Bekannten, wie stressig der Job war und dass überall viel zu wenig Pflegekräfte immer mehr Patienten betreuen mussten.

„Trotzdem", erwiderte Filip nur.

Sie plauderten etwas über das Wetter und das Essen. In der Luft duftete es nach frischem Kuchen.

Er wollte schon gehen, als sie ihn nach den Bildern fragte.

„Ich hatte gehört, wie du Gudrun danach gefragt hast."

Es schien ihr nicht peinlich zu sein, gelauscht zu haben.

Filip nickte. „Komisch, oder? Ein ganzes Zimmer mit Kopien ein- und desselben Gemäldes."

„Was machst du damit?"

„Ein Museum gründen", erwiderte Filip mit gespielter Ernsthaftigkeit, ehe er schmunzelnd hinzufügte: „Loppis, würde ich sagen. Möchtest du eins haben?"

Malin hob abwehrend die Hände. „Nein Danke, das Bild ist wohl eher was für meine Großeltern."

An den folgenden Tagen dachte Filip weder an Tante Gudrun, Malin, noch an seinen Onkel, das Haus oder an Grindslanten. Er war von früh bis spät damit beschäftigt, widerspenstige Kirschtomaten, Oregano und Kräutermischungen ins rechte Licht zu rücken. Er hatte sich im Bereich der Lebensmittelfotografie mittlerweile einen Namen gemacht, der zumindest so groß war, dass er, zusammen mit den Blogs zum Thema Fotografie, ausreichte, ihn zu ernähren und ein angenehmes Leben zu führen. Er war nicht reich, doch fühlte es sich so an.

Er stand gerade am Fenster und blickte über die Dächer Malmös zum Turning Torso, darüber sinnierend, warum gerade hier der höchste Wolkenkratzer Skandinaviens hatte gebaut werden müssen, als das Telefon klingelte. Hoffentlich nicht wieder die Tomatensaucen-Leute, dachte er, doch die angezeigte Nummer war ihm unbekannt.

„Filip Lundin!"

„Hallo, hier ist Hanna Helin."

Name und Stimme waren Filip völlig unbekannt.

Es entstand eine kleine Pause.

Du willst doch was von mir, dachte er, ehe sie ergänzte: „Du sollst eine Menge „Grindslantens" haben?!"

Filip saß am Fenster. Wie seine Tante früher immer. Derselbe Stuhl, derselbe Tisch und die schmale Fensterbank mit einem Schutz aus Wachspapier. Die Gardinen rochen muffig, eine ganz leichte Erinnerung an die Zigaretten seines Onkels. Hanna Helins roter Suzuki war zweimal am Haus vorbeigefahren. Zumindest nahm Filip an, dass sie es gewesen war. Dann trat eine blonde junge Frau an das Gartentor. Filip zuckte etwas zurück, wie ertappt, als sie ihn sah. Die Journalistin sah weiblicher aus, als er sie sich anhand ihrer tiefen und leicht rauen Stimme vorgestellt hatte. Als ob sie regelmäßig Whiskey trinken würde.
Er öffnete die Tür.

„Zuerst war ich ja ein wenig sauer", gestand Filip, als sie im Zimmer mit den Gemälden standen, „auf deine Freundin Malin."
Hanna kicherte, wobei sich Lachfältchen um die Mundwinkel bildeten und ihr Kurzhaarschnitt wippte. „Ja, sie tratscht gern ein wenig. Mit den Alten im Heim ist es auch sehr einsam und oft eintönig. Aber es ist nett von dir, dass du mir trotzdem deine Sammlung zeigst."
Filip nickte. „Ist ja auch wirklich etwas ausgefallen."
Es klopfte an der Haustür.
„Entschuldigung", meinte Filip und ging hinunter zur Tür.
„Hallo", sagte seine Nachbarin, „entschuldige die Störung, aber ich bin beim Backen und mir fehlt Zucker." Dabei reckte sie den Kopf, um besser an Filip vorbeisehen zu können.
„Ich weiß gar nicht, ob ich …" hob er an, aber sie war schon an ihm vorbei.
„Gudrun hatte immer einen Vorrat im Schrank", meinte die Frau fröhlich.
Sie betrat die Küche und wirkte etwas enttäuscht, als sie wirklich nur Zucker im Schrank fand.
„Ich dachte, du hättest Besuch", stellte sie fröhlich und ungeniert fest. „Eine junge Dame?"
Filip wusste nicht genau, was er sagen sollte, schaffte es aber, sie zur Tür zu komplimentieren.
„Danke für den Zucker. Ich bringe auch ein Stück Kuchen rüber."

Nachdenklich stieg er wieder ins obere Stockwerk, wo Hanna am Fenster stand und auf den Mörrum blickte.

„Die nette neugierige Nachbarin?“

„Scheint wohl so.“

Hanna zeigte auf die Bilder an der Wand.

„Wie kam dein Onkel dazu?“

„Ehrlich gesagt weiß ich das gar nicht. Ich war ewig nicht hier und früher gab es die Bilder nicht. Ein Nachbar hat mir erzählt, dass die Eltern meines Onkels so ein Bild über dem Sofa hatten und es ihn wohl an die gute alte Zeit erinnern würde. Ist ja manchmal so, wenn die Menschen älter werden, besinnen sie sich auf die Vergangenheit. Tja, und dann wurde es wohl ein Tick, ein Hobby.“

Langsam gingen beide durch den Raum. Die Bilder hingen an den Wänden oder standen auf Kommoden. Hanna machte ein paar Fotos, doch als sie auch Filip aufnehmen wollte, wehrte der ab.

„Bitte nicht.“

„Ist doch Werbung für dich“, versuchte sie ihn zu überreden.

„Du hast dich über mich informiert?“

„Ist mein Job.“

Hanna erzählte, dass sie seit einem Jahr bei der kleinen Zeitung in Karlshamn arbeitete.

„Und meine Sammlung wird dein Sprungbrett in die große weite Welt?“

Sie sah ihn verwundert an und er fragte sich, ob das zu schnippisch geklungen hatte.

„Wie gefällt dir Malmö?“, fragte sie nach einer Pause.

Filip erzählte ihr in knappen Worten von seinem Job und dass er dort besser an Aufträge kommen würde.

„Kopenhagen ist nah“.

„Aber auch die Kriminalität.“

„Du meinst Fosie? Die Anschläge?“

„Fosie. Rosengård. So viel Gewalt.“ Sie machte eine Pause und sah sich um, ehe sie ergänzte: „In Karlshamn wurde neulich ein Dreirad geklaut.“

Er stimmte ihr im Geist zu. In den großen Städten wurde es immer schlimmer und keiner wusste, wie man dieser völligen Verrohung begegnen sollte. Er dachte an Karolin Hakim, eine Frau, die einfach nur herumgestanden und dafür mit dem Leben bezahlt hatte.

Wie Suzanna.

Nur die verdammten Rechten meinten zu wissen, was man tun müsse. Brüllen. Hetzen. Ausländer raus. Sie machten es sich leicht, doch wenn er ehrlich war, tat er auch nicht wirklich etwas. Als ihn eine Bekannte neulich zu einer Solidaritätsdemo mitnehmen wollte, hatte er Arbeit vorgeschoben. Und sich bei einem Bier ein langweiliges Spiel von Malmö FF im Fernsehen angeschaut.

Vielleicht war es doch eine gute Idee, dachte Filip und ließ sich in den gemütlichen Sessel des kleinen Cafés unweit des Stortorgets fallen. Die Sonne fiel durch kleine bunte Mosaike in den Scheiben und zauberte Muster an die Wände, der Kaffee duftete und die Zimtschnecke schmeckte wie die seiner Tante. Sein letzter Auftraggeber hatte die Rechnung überpünktlich beglichen und die Kartons im Flur für den nächsten Job versprachen ihm die Miete und das Essen für die nächsten Monate. Als er Hannas roten Wagen lässig in eine Lücke vor dem Café einparken sah, war er schon beim zweiten Kaffee.

„Keine Angst vor einem Strafmandat?" begrüßte Filip die Journalistin und wies auf das Parkverbotsschild.

Sie grinste ihn an. „Zahlt die Zeitung. Und außerdem bin ich ja in der Nähe."

Hanna bestellte sich Tee und zeigte auf die Krümel auf Filips Hemd.

„Wie sind die Zimtschnecken?"

Etwas peinlich berührt wischte er die Reste weg.

„Du bist ja eine Detektivin."

„Das ist mein Job."

„Gehört dazu, auch die Unwahrheit zu schreiben?"

Ein wenig mit der Tür ins Haus, dachte Filip, als er den Satz ausgesprochen hatte, aber Hanna schien es ihm nicht zu verübeln.

„Es tut mir wirklich leid", sagte sie zerknirscht, „aber mein Chefredakteur neigt zu Dramatik. Ich hatte seine Version nicht noch mal gegengelesen."

Sie lächelte ihn offen an. „Und Männer dürfen doch heutzutage auch weinen."

„Nur beim Fußball", erwiderte Filip locker. Dabei hatte er sich wirklich geärgert, dass in dem Artikel stand, er hätte bei der Erinnerung an seinen Onkel und die schönen Stunden in der Kindheit Tränen in den Augen gehabt.

„Darf ich dir noch eine Zimtschnecke ausgeben? Als Wiedergutmachung? Es tut mir wirklich leid."

Zwei Tage später kam Filip das Gespräch wieder in den Sinn. Er war auf dem Weg nach Åkeholm. Im Rasthaus Gårdstånga hatte er sich einen Kaffee und eine Zimtschnecke gekauft, doch beides schmeckte nicht annähernd so gut wie in dem Café in Malmö. Hanna und er hatten sich fast zwei Stunden sehr nett unterhalten. Sie konnte gut erzählen, aber vor allem auch gut zuhören. Eine Fähigkeit, die nach Filips Erfahrung immer mehr Menschen zu verlieren schienen. Oft fühlte er sich nur noch als Stichwortgeber; immer weniger seiner Gegenüber waren wirklich interessiert, was der andere dachte oder zu sagen hatte. Hanna schien da anders zu sein und das nicht nur, weil gut zuhören zu können sicher ein Vorteil in ihrem Beruf war. Sie hatte von ihrer Kindheit auf einem kleinen Hof in der Nähe von Svängsta erzählt, von Kühen und Hühnern, von langen Fahrten mit dem Schulbus und von Freunden, die sich am Wochenende im Suff totgefahren hatten. Ihre Erinnerung an das Leben auf dem Land war eine so ganz andere als seine.

Als er in Svängsta links Richtung Ryd abbog, fiel Filips Blick auf die verbeulten und verkohlten Reste einer ehemaligen Tankstelle. Jugendliche hatten sie angezündet, nur so aus Spaß und weil sie etwas gegen die Syrer hatten, die sich dort mit dem Waschen von Autos selbständig gemacht hatten. Von wegen „auf dem Land würden nur Dreiräder geklaut werden". Es kam näher.

Eigentlich hatte Filip Obst fotografieren wollen. Eine Firma, die einen neuen Entsafter auf den Markt bringen wollte, drängte, aber der Anruf der Polizei in Karlshamn war ihm trotz der schlechten Nachricht ein guter Vorwand gewesen, die Arbeit zu unterbrechen, denn ihm fiel partout nichts ein, die Orangen und Äpfel ins rechte Licht zu setzen.

Filip wartete im Auto auf das Eintreffen der Polizei. Er wollte keine Spuren verwischen. Nachbarn hatten bemerkt, dass in das Haus eingebrochen war. Hoffentlich haben die Diebe nicht alles verwüstet, dachte er. Wertgegenstände gab es kaum. Filip tippte auf Beschaffungskriminalität von Drogensüchtigen oder auf gelangweilte Jugendliche.

Gelangweilt waren auch die beiden Beamten, die kurz nach ihm eintrafen. Gemeinsam hatten sie das Haus betreten. Die Diebe, meistens sind es Banden, hatte einer der Polizisten gesagt, waren durch ein rückseitiges Fenster eingestiegen. Filip fiel ein Stein vom Herzen, als er sah, dass sie nicht vandalisiert hatten.

„Die Fenster bekommt man mit jedem Schweizer Messer auf", meinte der ältere der beiden Polizisten, während der pickelige Jüngere Fingerabdrücke vom Rahmen nahm.

Aus dem, was die beiden so besprachen, entnahm Filip, dass die Wahrscheinlichkeit, die Täter zu ermitteln, gegen Null ging und er fragte sich, warum sich die beiden überhaupt die Mühe machten.

„Was fehlt denn nun?", fragte der Jüngere, der laut Namenszug auf der Uniform Sven Svensson hieß und auch so aussah. Wie sein Kollege, hatte auch er die Schuhe ausgezogen. Seine Socken waren unterschiedlich, eine gelb, die andere blau.

Filip fragte sich, ob das etwas zu bedeuten hatte.

Der Beamte wiederholte seine Frage.

„Eigentlich nichts," erwiderte Filip.

„Gab es Geld? Schmuck? Alkohol? Computer?"

Filip schüttelte den Kopf und zeigte auf ein altes Kofferradio. „Das war schon Hightech für meinen Onkel. Ich habe das Haus gerade geerbt."

„Also ging es um die Bilder", stellte der ältere Beamte fest. Er hieß Per Bengtsson und kam Filip bekannt vor, ohne dass er sagen konnte, woher er den Mann kannte.

„Es muss wohl so sein, auch wenn ich das nicht kapiere. Das sind doch alles nur Flohmarkt-Kopien. Keine Ahnung, ob da welche fehlen."

„War dein Onkel gaga?", fragte Sven Svensson und erntete einen missbilligenden Blick seines älteren Kollegen.

Filip lächelte. „Ein wenig sonderbar. Scheinbar."

Bis auf den Raum mit den Grindslanten-Variationen schien alles unberührt. Sogar ein relativ teures Fernglas hing an seinem Haken neben der Terrassentür.

„Warte." Bengtsson hielt Filip zurück. Wir nehmen erst Fingerabdrücke. Mit „wir" meinte er seinen jungen Kollegen.

„Hast du keinen Kaffee im Haus?", fragte er Filip.

Nach fast zwei Stunden waren die beiden endlich weg. Filip seufzte. Verschwendete Zeit, dachte er. Er steckte die Visitenkarte Per Bengtssons in seine Brieftasche. Dabei fiel die Karte Hanna Helins auf den Boden.

Filip tippte ein paar Mal nachdenklich mit der Karte gegen seine Schneidezähne, ehe er zu seinem Handy griff. Eine halbe Stunde später klopfte es an der Tür.

„Das duftet aber gut", meinte sie zur Begrüßung. „In der Redaktion gibt es ein Gebräu – also das glaubst du nicht."

Mit dem Kaffeebecher in der Hand, auf dem ein sich erleichterndes Nilpferd und der Name eines Abführmittels zu sehen war, standen beide wenig später vor den Bildern. Filip hatte das peinliche Motiv auf dem Becher zu spät gesehen, aber Hanna hatte es nicht bemerkt.

„Mein Gott, wie sieht es denn hier aus. Fehlt was?"

Filip sah sich etwas hilfesuchend um und zuckte mit den Schultern. „Keine Ahnung."

„Wir könnten es mit meinen Fotos abgleichen."

Filip zuckte wieder mit den Schultern. „Eigentlich ist es ja egal, aber ich dachte, es interessiert dich. Dein Artikel hat etwas bewegt."

„Du meinst, die sind deswegen hier eingestiegen?"

Filip konnte nicht deuten, ob sie sich angegriffen fühlte, aber zumindest fuhr sie ungerührt fort: „Die gestickten Bilder mochte der Kerl wohl nicht."

Es war Filip auch schon aufgefallen, dass nur größere Gemälde von der Wand genommen worden waren und nun auf dem Boden lagen. „Die sind aber auch gruselig. Stickerei. Schrecklich."

Hanna hob ihre Kamera. „Was dagegen, wenn ich Bilder mache und wir in der Zeitung etwas bringen?"

So weit hatte er gar nicht gedacht.

Er schwieg einen Moment, ehe er nickte. „Mach ruhig."

Dann fügte er hinzu: „Ich habe aber nicht geweint."

Hanna grinste und machte mehrere Fotos.

„Tolle Kamera, ", stellte Filip fest, „teuer."

„Sehr. Die gehört einem Kollegen. Meine Eltern haben keinen Ochsen für mich verkauft. Ich habe nur mein Handy.

„Was meinst du mit dem Ochsen?", fragte Filip verwirrt.

„Du kennst die Geschichte von Malmström nicht? Wie er Maler wurde?"

Filip schüttelte den Kopf. Er gab besser nicht zu, dass er bis vor ein paar Wochen nicht einmal gewusst hatte, von wem „Grindslanten" gemalt worden war.

„Na, dann kläre ich dich mal auf", meinte Hanna und hielt ihm das Nilpferd entgegen.

„Geschmackvoller Becher, übrigens."

Das Obst hatte sich als sehr widerspenstig herausgestellt. Es hatte lange gedauert, bis Filip endlich etwas Vorzeigbares fotografiert hatte. Vielleicht war er auch nicht richtig bei der Sache gewesen. Der Einbruch spukte in seinem Kopf umher. Oder war es etwas anderes? An dem Artikel über den Einbruch konnte es nicht gelegen haben. Der war diesmal in Ordnung und kam ohne Tränen aus.

Immer wieder war er ans Meer gegangen, hatte sich unter dem Turning Torso auf die Holztreppen am Scaniabadet gesetzt und viel zu teuren Latte Macchiato aus einem kleinen Café an der Västra Varvsgatan getrunken. Ein Freund von ihm, eher ein früherer Schulkamerad, war vor ein paar Tagen mit seiner Segelyacht zu einem Trip nach Australien aufgebrochen. Wiederkehr eher unwahrscheinlich. Filip hatte mit alten Mitschülern — von der Hälfte war ihm der Name gar nicht mehr eingefallen — am Hafen gestanden und ihm nachgewinkt. Er fragte sich, ob das Fotografieren von Obst die Erfüllung seines Traums war. Träumte er von etwas? Suzanna hatte Träume gehabt. Träume, die nie erfüllt werden würden.

Filip lag gerade in der Wanne in einem Aroma-Bad mit viel Schaum und es roch nach Tanne, als das Telefon klingelte.
„Wo bist du?", fragte eine aufgeregte Stimme.
„Im Wald. – Wer ist denn da?"
„Ich bin es, Hanna."
„Ja?"
„In was für einem Wald bist du denn? Um diese Uhrzeit?"
Filip pustete etwas Schaum vom Handy.
„Im Tannenwald. Was gibt es denn?"
Hanna stutzte einen Moment, ehe sie fortfuhr.
„Ich habe mal ein wenig recherchiert. In unserer Angelegenheit."
Unsere Angelegenheit? Filip verkniff sich eine Bemerkung.
„In den letzten Monaten hat es auffällig viele Einbrüche gegeben, bei denen es immer um Bilder und im Speziellen um Grindslanten ging. Bei diversen Flohmärkten und auch bei Privatpersonen. Die Unterwelt ist schon ganz aufgeregt, weil die Polizei mehr Präsenz zeigt.

„Woher weißt du denn, wie die Unterwelt tickt?", fragte Filip lachend.

„Man hat so seine Quellen."

Er rutschte tiefer in die Badewanne, so dass gerade noch seinen Mund öffnen konnte, ohne Tanne zu schlucken.

„Hast du morgen Zeit. Ich würde dir gern zeigen, was ich habe."

Filip schüttelte den Kopf. Er hatte keine Zeit und wusste auch nicht, was das Ganze sollte. Wen juckten ein paar altmodische Bilder. Er hatte Besseres zu tun.

„Klar, komm vorbei", erwiderte er und tauchte ab.

Perfekte Schäfchenwolken zogen langsam von Dänemark Richtung Osten. Filip saß auf dem Balkon, als es klingelte. Hanna war pünktlich. Ganz anders als Suzanna. Nachdenklich erhob er sich und ging zur Tür. Wieso dachte er in letzter Zeit so häufig an seine frühere Freundin? Der Unfall war jetzt vier Jahre her.

„Ich habe Zimtschnecken dabei", begrüßte ihn Hanna mit einem Grinsen, „hast du Kaffee im Haus?"

Filip konnte nicht sagen, was es war, aber etwas in ihm sträubte sich dagegen, dass jemand — Hanna? eine Frau? — in seine Wohnung eindrang. Obwohl die Journalistin aus Karlshamn natürlich gefragt und er dem Besuch zugestimmt hatte. Sie sah ihn verwundert an, als er vorschlug, mit dem Auto umherzufahren.

„Beim Autofahren kann ich am besten denken", erklärte er und das war nicht einmal gelogen. Auch Onkel Lars und Tante Gudrun waren früher immer mit ihrem klapprigen Volvo 244 herumgefahren, wenn sie etwas Wichtiges zu besprechen hatten oder wenn es einen Streit auszuräumen galt. Vielleicht, weil man sich dann nicht in die Augen sehen musste.

Wo ist das Auto eigentlich, dachte er plötzlich.

Hanna fragte nicht weiter und kurz darauf saßen sie in Filips altem Saab 900.

„Gut, dass man die Lackierung von innen nicht sieht", stellte Hanna fest, während Filip am Zündschlüssel drehte. Wie üblich sprang die Karre nicht an.

„Die Farbe heißt Bronze."

Viel zu denken hatte Filip nicht und es galt auch nicht, Probleme zu klären. Hanna hatte ihm erzählt, dass auch bei Trollets Loppis kürzlich eingebrochen worden war und sie sich ja mal vor Ort einen Eindruck verschaffen könnten. Das ging sowieso besser, als in seiner Wohnung bei Zimtschnecken und Kaffee, dachte er.

Trollets Loppis wirkte trotz des blauen Himmels düster. Filip parkte den Saab neben einem ausgebrannten Volvo. Die Eingangstür zum Trödelladen quietschte und ein undefinierbarer Geruch schlug ihnen entgegen.

„Filip, du warst ja lange nicht hier".

Linda verschränkte die Arme über einem engen T-Shirt. Der Effekt war eindrucksvoll.

„Hast du mich vermisst?" Sie versuchte eine Art Schmollmund, doch als sie Hanna hinter Filip auftauchen sah, hatte sie plötzlich etwas im Lager zu tun.

„Tolles Dekolleté." Hanna nahm eine ganz ähnliche Pose ein.

Filip ignorierte beide und fragte stattdessen Benny-Kenny, wo der Chef sei. Sie hatten Glück. Jokke, ein großer vierschrötiger Kerl im etwas deplatziert wirkendem Anzug, beaufsichtigte an der Rückseite der Halle gerade das Entladen eines rostigen Transporters. Er sprach mit unerwartet sanfter Stimme, als er bereitwillig Filips und Hannas Fragen beantwortete.

„So richtig wurde bei uns vor zwei Jahren eingebrochen und da ging es nur um die Kasse. Ein Mitarbeiter hatte es sich leider zur Angewohnheit gemacht, größere Mengen drin zu lassen. Seitdem habe ich einen Tresor."

Filip fragte sich, was einen richtigen Einbruch von einem falschen unterschied.

„Die Kasse wurde bei dem Einbruch jetzt nicht angerührt?"

Woher Hanna und Filip von dem neuerlichen Einbruch wussten, schien Jokke nicht zu interessieren. Der Mann im Anzug schüttelte den Kopf, während er einen Karton mit Schallplatten von der Ladefläche des Wagens hob. „Da sind immer nur 500 Kronen drin und die waren noch da. Hätte ich nicht am nächsten Morgen Kunden gehabt, die auf der Suche nach ganz bestimmten Gemälden waren, hätten wir den Einbruch vielleicht gar nicht bemerkt. Manche Kunden reißen das Zeug aus dem Regalen als wären sie zu Hause. Schlimmer als die Einbrecher."

Filip fragte sich, wie es bei Jokke aussah. Wo wohnte so ein Trödler überhaupt? In einer Villa am Meer voller Kaufhausmöbel?

„Und? Was wurde geklaut?", fragte Hanna.

Sie waren Jokke in die Halle gefolgt, wo er den Karton auf einen Tisch knallte und Linda zunickte. Er zuckte mit den Achseln und machte eine ausholende Bewegung mit beiden Armen.

„Keine Ahnung. Mädchen, glaubst du, ich weiß, was hier alles herumsteht?"

Das hatte Filip tatsächlich gedacht. Und er wusste, dass Hanna bestimmt nicht „Mädchen" genannt werden wollte.

„Was sagt die Polizei?", wollte Filip wissen, obwohl er die Antwort ahnte.

„Als wenn die was tun würden. Die haben ganz andere Probleme. Nee, das regele ich so."

Filip hatte eine Vermutung, wie die Reglung aussehen würde.

„Leider hatte ich nur ein schlechtes Video von dem Kerl."

Hanna und Filip sahen ihn überrascht an.

„Du hast Bilder von ihm?"

Jokke zeigte nach oben, wo eine kleine Kamera hing.

„Bei den Typen, die hier arbeiten, muss man schon aufpassen."

Legal war das sicher nicht, dachte Filip und er ahnte, was in Hanna vorging. Hier wollte man gern beschäftigt sein.

Doch sie war zu Filips Erleichterung ganz woanders.

„Können wir die Bilder sehen?" Ihre Stimme überschlug sich fast.

Jokke schüttelte den Kopf. „Ich habe es inzwischen gelöscht. Es war nicht wirklich was zu erkennen. Nicht mal, ob es ein Mann oder eine große Frau war. Einen Parka hatte der Trottel an. Er zeigte auf einen kleinen Tisch mit Comics und lachte hämisch. „Über den ist er gestolpert und muss sich wohl weh getan haben, denn er ist aus dem Bild gehumpelt. Leider ohne in die Kamera zu gucken. Er könnte übrigens Springerstiefel getragen haben." Jokke wies auf Hannas Schuhe. Seine Finger waren gelb vom Nikotin. „Solche wie du, Kleine."

„Was für ein Arsch", meinte Hanna kurz darauf im Wagen, nachdem er endlich angesprungen war.

Filip nickte. „Aber einen schönen Anzug hat er."

Auf der Fahrt zum nächsten Loppis las Hanna ihm von ihrem Tablet vor, wo in letzter Zeit alles eingebrochen worden war. Filip war erstaunt, über die Anzahl der Fälle.

Meistens hatten die Diebe nichts mitgenommen und wenn doch, wenn Bilder entwendet worden waren, hatte nach dem Einbruch eine Version von Grindslanten gefehlt.

Eine Frage war Filip seit dem Besuch bei Trollets Loppis im Kopf umhergeschwirrt.

„Woher wusstest du eigentlich, dass bei Jokke eingebrochen worden war, wenn er gar nicht zur Polizei gegangen ist?"

„Quellen", lautete ihre knappe Antwort und Filip bohrte nicht weiter.

„Warum ist jemand so scharf auf dieses Bild?" fragte er stattdessen, „man kann es auf jedem, wirklich jedem, Loppis kaufen."

„Vielleicht ist er arm?"

„Ein armer Kunstliebhaber?"

„Kunst?"

Hanna stieß Luft durch die Lippen. „Es ist *das* schwedische Gemälde. Ob du es magst oder nicht. Es wurde mal für 16 Millionen Kronen verkauft. Kein Bild wurde öfter kopiert."

„Vielleicht ist so ein irrer Rechter auf der Jagd nach dem Bild, weil es *das* schwedische Nationalgemälde ist."

Filip meinte es ironisch, doch Hanna stimmte ihm Kopf nickend zu.

„Dann sollte er das Original stehlen."

„Das hängt in Stockholm, in Prins Eugens Waldemarsudde. Vielleicht ist es zu gut gesichert. Wenn es denn das Original ist."

Filip sah fragend zu ihr hinüber.

„Man glaubt, dass es zweimal gemalt wurde."

„Ach so?"

„Es gibt da Ungereimtheiten. Vor den 1920er Jahren war es an zwei Orten gleichzeitig."

„Du kennst dich ja gut aus mit dem Schinken."

Hanna lächelte. „Das ist mein Job."

„Bilder?"

„Recherche."

Ihr letztes Ziel lag ein paar Kilometer südlich von Lund. Ein typisch schonischer Hof, der sich in die Ackerlandschaft duckte. Ein paar Bäume zeigten an, aus welcher Richtung der Wind wehte.

„Ich habe noch eine Idee", meinte Filip. „Das Bild ist ein Hinweis auf einen Schatz. Ich hatte mal ein Kinderbuch, da ging es genau darum: In einem Gemälde waren Hinweise versteckt."

Hanna knuffte ihm in den Arm.

„Schön, dass du trotzdem mitgekommen bist."

Filip wunderte sich auch darüber.

„Wir haben heute geschlossen", begrüßte sie eine rundliche Frau in schmutzigen, grünen Gummistiefeln. Sie hatte eine warme, freundliche Stimme und schien gerade auf dem Weg in den Stall zu sein. In beiden Händen trug sie schwarze Eimer mit Tierfutter. Zumindest vermutete Filip, dass es sich um Futter handelte. Oder hoffte es. Hanna erklärte ihr den Grund des Besuchs.

„Ach, die Geschichte", meinte die Frau.

Filip erwartete, dass Hanna und er jetzt abgewimmelt werden würden, doch stattdessen sagte sie:

„Geht schon mal in die Küche. Die blaue Tür dort." Sie streckte das Kinn in Richtung Wohnhaus. „Ich füttere kurz die Schweine und dann gibt es erstmal Kaffee."

Kurz darauf saßen beide in der gemütlichsten, wenn auch etwas überheizten, Wohnküche, die Hanna und Filip je gesehen hatten. Ein riesiger Herd aus Gusseisen glühte vor sich hin. Es duftete nach frischem Brot. An den Wänden waren wunderhübsche Kacheln mit ländlichen Motiven. Allerlei Gerätschaften, deren Aufgabe Filip nicht kannte, hingen an handgeschmiedeten schwarzen Haken, daneben mit viel Liebe zusammengestellte Trockensträuße aus Blumen, deren Namen er, außer den der Kornblumen und Rosen, ebenfalls nicht wusste. Die tief stehende Sonne schien durch das Fenster und beleuchtete, wie ein Spot, einen alten Bauernschrank ohne Türen, der voll altem Porzellangeschirr war. Wie zwei staunende Schulkinder saßen sie auf einer Küchenbank, als die Frau zurückkehrte.

„Ich bin Stina", sagte sie und wusch sich die Hände.

„Das ist ja passend", entfuhr es Hanna.

Filip und Stina sahen sie fragend an.

„Die Mutter von August Malmström hieß auch Stina. Brita Stina."

„Muss ich den kennen?", fragte die Bäuerin.

„Das war der Maler, der „Grindslanten" gemalt hat."

„Ach der", erwiderte Stina nur und ergänzte: „Kaffee?"

Stina konnte ihnen zum Einbruch nichts Interessantes mitteilen, aber der Kaffee war ausgezeichnet, wie Filip zurück im Auto bemerkte.

„Immerhin haben wir einen Namen.“

„Du hast einen Namen“, erwiderte Filip und betätigte die Wischwaschanlage. Die Scheibe war voller Insekten. Sollten es nicht immer weniger werden. Artensterben?

In ihm war ein Gedanke gereift. „Es war ja heute ganz lustig, aber ich denke, ab sofort solltest du dich allein um diese Angelegenheit kümmern.“

„Interessiert dich denn nicht, wer da diese Bilder haben will?“

„Ganz ehrlich?“ Er machte eine dramatische Pause. „Nein.“

Hanna schaute ihn mit einem Gesichtsausdruck an, den er nicht zu deuten vermochte. Er war noch nie gut darin gewesen zu erkennen, was jemand dachte. Ein Freund hatte mal im Spaß gesagt, dass er manchmal ein wenig autistisch wirken würde. Filip hatte das empört von sich gewiesen. Noch als Hanna lange ausgestiegen war, sinnierte er über ihren Blick. War es Empörung gewesen? Ein Beleidigtsein? Oder Enttäuschung, dass die Sache ihn nicht so interessierte wie sie?

Der Sommer wollte einfach nicht gehen. Filip konnte sich an keinen so warmen und schönen September erinnern. Wenn er noch häufiger Baden gehen würde, bekäme er Schwimmhäute zwischen den Zehen, dachte er gerade, als sein Handy klingelte.

Hanna.

Für einen Moment spielte er mit dem Gedanken, sie zu ignorieren. An Grindslanten hatte er seit Tagen nicht gedacht. Und nicht an Hanna. Und an Suzanna auch nicht.

Dann nahm er das Gespräch doch an.

„Lange nichts gehört", sagte Hanna.

„Ja", erwiderte Filip nur und fügte nach einer ihm unangenehmen Pause hinzu: „Hatte viel zu tun."

Hanna nuschelte etwas und sagte dann: „Also: Petar Stoijanovic ist ein Sammler. Er sammelt alles, was man sich an Wände hängen kann und Schwedisch ist."

„Wer ist Petar Stoijanovic?"

„Na, der Mann, von dem uns diese Stina erzählt hat."

Filip fragte lieber nicht nach, wer noch mal Stina war.

„Petar Stoijanovic hört sich nicht nach einem Schweden-Nationalen an."

„Oft sind gerade Ausländer die besseren Schweden. Denken sie zumindest. Neben dem Hof meiner Eltern wohnen Deutsche, die wissen alles besser, feiern jeden Flaggentag und unterhalten sich untereinander auf Schwedisch."

„Vielleicht wissen sie alles besser?" Filip konnte es nicht lassen, doch Hanna ignorierte ihn.

„Dieser Petar hat angeblich jede Menge Grindslantens. Sagt sein Kumpel Rune."

„Und die klaut er armen Bauern vom Loppis oder toten Rentnern aus dem Wohnzimmer?"

„Das glaube ich eher nicht. Es gibt nichts über ihn bei der Polizei, aber das hat natürlich nichts zu sagen. Vielleicht ist er auch nur schlauer als die."

„Woher weißt du, dass die Polizei nichts in ihren Akten hat?" fragte Filip.

Hanna machte „psst" und hielt einen Zeigefinger vor den Mund.

„Geheime Quellen."

Filip sah zu Kindern, die mit einem Eis über eine Wiese liefen. Krähen zankten sich um eine Waffel, die jemand verloren oder weggeworfen hatte. Die Sonne glitzerte auf dem Wasser. Segelboote zogen am Horizont ihre Bahnen.

„Ich verstehe, dass dich das Thema interessiert. Und deine Leser. Aber ich bin raus. Es ist mir egal und ich habe keine Lust, Zeit und Energie dafür zu investieren.“

Hanna schwieg einen Moment und Filip fragte sich, ob er zu unfreundlich wäre.

„Okay.“ Hanna dehnte das Wort in die Länge, ehe sie fortfuhr: „Ich verstehe. Schade.“

Filip hörte ein undeutliches Geräusch, als ob sie in die Hände geklatscht hätte und es kam ihm vor, als ob das „Schade“ sich auf mehr bezog als seine Mitarbeit in diesem „Fall“.

„Ich lass dich dann mal in Ruhe und werde jetzt zu diesem Rune Runsten fahren. Mach es gut. Vielleicht trifft man sich ja mal irgendwo. Ciao.“

Er war eindeutig zu unfreundlich gewesen, ging es Filip durch den Kopf, aber es war keine Zeit für eine Entschuldigung. Etwas in seinem Magen hatte sich zusammengezogen.

„Warte!“ rief er in das Telefon.

„Was?“

Hörte sie sich patzig an? Filip räusperte sich. „Rune Runsten? Aus Sölvesborg?“

„Ja, um den geht es.“

„Ich komme doch mit.“

Rune Runsten. Diesen Namen würde Filip nicht vergessen und das nicht, weil er sich so anhörte, als wäre er aus einem Kinderbuch entnommen. „Rune Runsten und die riesigen Raukar" oder „Rune Runsten und die roten Räuber". Filip verband mit diesem Mann viel mehr als ein fröhliches Kinderbuch voller lustiger Abenteuer. Für ihn trug dieser Kerl eine Mitschuld am Tod von Suzanna, auch wenn die Polizei es anders gesehen hatte. Und jetzt tauchte genau dieses Arschloch wieder auf. Das konnte kein Zufall sein. Oder besser: Es musste ein Zeichen sein.

Hanna saß auf einer Bank mit Blick auf die Sölvesborgbron. Das Meer war glatt und grau und die drei Bögen der Brücke zeigten eine perfekte Spiegelung, untermalt vom Geläute sich schließender Bahnschranken und den schrillen Rufen der Möwen.
„Entschuldige, bin etwas spät. Mein Auto sprang nicht an."
Sie lachte höflich. „Wie immer."
Als sie kurz darauf in ihrem Suzuki saßen, fragte Hanna, was ihn umgestimmt hätte.
„Ich war unhöflich, bitte entschuldige", erklärte er und dachte, dass er damit nichts erklärte, aber auch nicht die Unwahrheit sagte.
Hanna blickte ihn an, beließ es aber bei einem Lächeln.

Rune Runsten wohnte in einem heruntergekommenen gelben Würfel. Vor dem Haus stand eine feuerrote Corvette, was einen schönen Kontrast bildete, fand Filip. Aber das interessierte ihn zurzeit nicht. Da schon eher der blonde Mann im Jeansanzug, der hinter dem Sportwagen stand, in der Hand einen Putzlappen. Filip erkannte ihn sofort. Runsten hatte zugelegt und der Bart war abrasiert.
„Rune? Rune Runsten?" fragte Hanna.
„Wer will das wissen, Schätzchen?"
Es zischte etwas, wenn er sprach. Filip fasste sich an den Kopf. Was für ein Abziehbild.
„Das ist Hanna Helin und sie ist nicht dein Schätzchen."
Runsten hob beschwichtigend die Arme, so dass der schmuddelige Lappen wie eine Friedensfahne im Wind wehte.
„Immer locker bleiben, Kumpel."

„Ich bin locker“, erwiderte Filip und das war die Lüge des Tages.
Der Kerl konnte sich offensichtlich nicht an ihn erinnern.
Hanna legte einen Arm auf seinen und sah ihn fragend an, ehe sie
sich Rune zuwendete.
„Wir hatten telefoniert. Es geht um Grindslanten.“
Runsten nickte und musterte Hanna von Kopf bis Fuß.
„Kann ich mich wieder anziehen?“
Ihr Gegenüber lachte und man sah, dass ihm ein Eckzahn fehlte.
„Du gefällst mir. Bock auf eine Spritztour?“ Er zeigte auf seinen
ganzen Stolz.
Filip spürte, wie sich sein ganzer Körper versteifte und merkte, dass
Hannas Hand immer noch auf seinem Arm ruhte. Der Druck ihrer
Hand verstärkte sich.
„Ein anderes Mal vielleicht. Aber jetzt bin ich beruflich hier.“
Runsten zog einen Flunsch, als hätte man ihm sein
Lieblingsspielzeug weggenommen. Vielleicht ahnte er aber auch,
dass es ein anderes Mal nicht geben würde. Stattdessen wandte er
sich Filip zu.
„Was guckst du so?“ blaffte er.
Auch Hanna schien etwas aufgefallen zu sein, denn sie bedachte
Filip mit einem fragenden Blick. Dann sah sie wieder Runsten an.
„Es geht um Petar Stoijanovic. Er soll eine große Sammlung des
Bildes haben. Du hattest am Telefon gesagt, dass wir sie uns mal
ansehen dürfen.“
„Wird seine Firma dann auch in dem Zeitungsartikel erwähnt?“
Hanna ignorierte die Frage.
„Was hat er denn für eine Firma?“ erkundigte sich Filip.
„Na was wohl.“ Runsten zeigte auf die Corvette. „Autos.“
Dann fügte er nach einem Blick auf den Suzuki hinzu: „Richtige
Autos. Keine Reisschüsseln.“
Er lachte zischend, als hätte er den besten Witz der Geschichte
erzählt.
Sie folgten ihm vorbei an ein paar Saab-Wracks. Er erzählte, dass ihn
Petar angerufen und das Okay für die Führung gegeben hatte.
Führung, dachte Filip. Wird sicher beeindruckend.
„Du hast Kontakt zu Petar? Ich würde ihn gerne sprechen, aber er
soll segeln sein und man könne ihn an Bord nicht erreichen.“
„Stimmt. War ein Zufall. Die nächsten Wochen wird das nichts.
Nicht mal per E-Mail.“

Die Sammlung befand sich in einer Lagerhalle hinter dem gelben Haus. Rune machte sich an einem erstaunlich modernen Schloss an der rostigen Tür mit vier milchigen Scheiben zu schaffen.

„Du wohnst mit Petar zusammen?" fragte er.

„Ich bin nicht schwul", zischte Runsten und machte einen Schritt auf Filip zu.

„Hat auch keiner gesagt", mischte sich Hanna ein, ehe die Tür aufging und ihr ein ehrliches „Wow" entwicht und auch Filip musste zugeben, beeindruckt zu sein. Das hatte er nicht erwartet.

An den Wänden der Halle und an Stellwänden aus Holz hingen Hunderte von Bildern in allen Größen, Formen und aus unterschiedlichstem Material. Gemalt, gedruckt, verfremdet oder gestickt. Das meiste waren Grindslantens. Penibel sortiert nach Art und Größe. Runsten drückte einen Schalter und eine Batterie Strahler beleuchtete die Szenerie. Sein Onkel wäre begeistert gewesen, ging es Filip durch den Kopf. Oder war er es sogar gewesen. Womöglich hatten Petar und Onkel Lars sich gekannt. Die Szene solcher Enthusiasten dürfte nicht so groß sein.

Runsten nickte und drehte sich im Kreis, als ob er ein Star auf der Theaterbühne wäre.

„Klasse, oder? Aber auch etwas verrückt."

„Wurde hier schon mal eingebrochen?" fragte Filip.

„Ja. Ist gar nicht so lange her. Komisch war, dass nichts geklaut wurde. Die Typen haben nur die Bilder abgenommen."

„Alle?"

Runsten schien nachzudenken.

„Auch komisch. Jetzt, wo du es sagst, waren es nur Grindslantens." Hanna warf Filip einen vielsagenden Blick zu.

„Was sagte die Polizei?" fragte Filip, obwohl er die Antwort ahnte.

„Polizei? War doch nichts geklaut worden."

Der nächste Blick.

„Zeigt Petar seine Sammlung oft?"

Runsten schüttelte den Kopf. „Ein paar ähnlich tickende Spinner kommen gelegentlich vorbei."

Filip sah ihn an und ihm kam eine Idee. Er kramte nach seinem Handy.

„Irgendwie kommst du mir bekannt vor", meinte Runsten plötzlich. „Irgendwoher kenne ich dich."

Filip versteifte sich.

„Ach ja?"

Hanna ließ ein Räuspern hören.

„Wer kam denn so? Hast du Namen?"

Runsten schüttelte den Kopf.

Filip hob sein Handy und zeigte ihm ein Foto.

„Kennst du den?"

„Dein Vater?"

Runsten kramte aus seiner Jeansjacke ein Handy und tippte darauf herum. Seine Fingernägel waren bis zum Nagelbett abgekaut. Mehr zu sich selbst meinte er: „Ich fotografiere viel und irgendwo habe ich …"

„Ich weiß", meinte Filip und erntete zwei fragende Blicke.

„Hier ist es." Er präsentierte ein Foto wie ein stolzes Kind, das im Malwettbewerb den ersten Platz belegt hatte. „Wollte Petar haben." Drei Personen vor den Grindslantens. Füße abgeschnitten, mies ausgeleuchtet. Höchstens letzter Platz. Aber darauf kam es nicht an. Die Gruppe lachte in die Kamera. Der links müsste Petar Stoijanovic sein. Filip kannte ihn nicht, aber nach dem Ausschlussverfahren kam nur er in Frage, denn in der Mitte stand eine blonde Frau. Und den fröhlich grinsenden Mann rechts erkannte er sofort.

„Was ist mit dir?" fragte Hanna, als sie wieder im Auto saßen, „warum bist du ihn so angegangen? Es kam mir fast vor, als würdest du ihn kennen."

Filip antwortete nicht sofort und auch Hanna sagte nichts, als ob sie spüren würde, dass ihn etwas sehr beschäftigte. Er blinzelte in die tief stehende Sonne und klappte die Blende herunter. Ein Haufen Quittungen fiel ihm entgegen.

„Ach da sind die", rief Hanna lachend, „die Belege habe ich gesucht. Für die Spesenabrechnungen."

Filip hob ein paar Zettel vom Boden auf und gab alles an Hanna, die sie in eine Brusttasche stopfte. Eine Tankquittung war von Circle K, es gab Imbissrechnungen von Max und Sybilla.

Die Sonne spiegelte sich in einem Autospiegel und blendete Filip wie ein Blitz. Der Lichtreflex riss ihn aus seinen Gedanken. Er räusperte sich.

„Ich hatte mal eine Freundin", fing Filip an und seine Stimme wurde rau, „sie hieß Suzanna. Eigentlich war sie mehr. Meine Verlobte."

„Sie ist verunglückt", sagte Hanna leise, „ich weiß. Tut mir leid."
„Du weißt davon?"
„Sage nicht, du hättest mich nicht gegoogelt."
„Im Internet steht nichts über Suzanna und mich."
„Ich bin Journalistin. Schon vergessen? Ich habe da so meine Quellen."
Filip sog Luft ein. Es quietschte leise. Im Radio sang Magnus Uggla von seinem Vater. Traurig.
Hanna wartete.
„Wenn du noch langsamer fährst, überholen uns die Trecker", meinte Filip und blickte einem Wohnmobil nach, das lässig an ihnen vorbeigezogen war.
„Ich habe Zeit", sagte sie sanft und er spürte, was sie meinte.
„Wir waren auf einer Silvesterfeier. In Kristianstad. Es kam zu einem Streit. Ich weiß nicht mal mehr, warum es ging. Was ganz Banales, aber ein Wort gab das andere. Wir hatten uns schon öfter gestritten und immer wieder versöhnt, aber diesmal war sie echt mies drauf. Ich hatte ein paar sehr unschöne Dinge gesagt. Suzanna wollte dann lieber zu einer Freundin in Åhus. Als sie am Parkplatz leicht gegen einen Zaunpfahl fuhr, machte ich mir Sorgen. Sie hatte etwas getrunken. Ich fuhr ihr im Auto eines Bekannten hinterher. Die Freundin wohnte in der Nähe des Hafens. Und da ist es dann auch passiert."
Hanna nickte. „Gamla Skeppsbron."
„Du kennst Åhus?"
„Da lebte meine Oma."
„Du hast es ja auch gelesen. Ein Betrunkener warf ihr einen Knallkörper in das geöffnete Fenster, sie verzog das Lenkrad und stürzte in das Hafenbecken. Als ich ankam, sah man nur noch die Reifen."
„Und Runsten?"
„Der stand am Ufer und ging fleißig seinem Hobby nach."
Hanna sah Filip fragend an.
„Er hat Fotos gemacht, anstatt hinterher zu springen."
„Darüber habe ich nichts gelesen."

„War aber so", erwiderte Filip eine Spur zu laut. Hanna legte eine Hand auf seinen Arm.
„Ich glaube dir ja."

„Tut mir leid. Es regt mich immer noch auf. Er bekam eine kleine Ermahnung, weil er weiter fotografiert hat, aber man freute sich über seine Bilder, weil sie den Unfall so schön zeigten.“
„Immerhin hat man so den Idioten mit dem Böller erwischt.“
Filip nickte bitter.
„Mir wäre lieber, Suzanna hätte überlebt.“ Er schluckte trocken. „Ich bin dann noch ins Wasser gesprungen, aber es war zu spät.“
„Vielleicht hätte Runsten sie auch nicht befreien können.“
„Mit Fotos jedenfalls nicht.“
Sie schwiegen eine Weile, ehe Hanna meinte: „Und ausgerechnet dieser Typ läuft uns heute über den Weg. Aber warum hast du nichts gesagt vorhin?“
„Ich bin ein Meister der Selbstbeherrschung“, erwiderte Filip humorlos.
Hanna blickte zu ihm hinüber.
„Danke, dass du es mir erzählt hast.“
„Das tat gut“, meinte er und in seiner Stimme klang Überraschung mit.
Hanna sah ihn fragend an. Sie merkte wohl, dass da noch was kam.
„Ich war, nein, ich bin zwar unfassbar wütend auf den Kerl, aber das geriet damals in den Hintergrund, nachdem ich erfuhr, dass die Freundin in Åhus keine Freundin, sondern ein Freund war.“
„Sie hat dich betrogen?“
Filip zuckte mit den Schultern. „Der Typ hat das abgestritten. Sie wären nur gute Freunde gewesen.“
„Du hast ihm nicht geglaubt?“
„Nein. Ja. Ich weiß nicht. Ich fühlte mich auf jeden Fall hintergangen.“
„Und seitdem fällt es dir schwer, anderen zu vertrauen?“ fragte Hanna, doch es klang eher wie eine Feststellung.
Filip sagte eine ganze Weile nichts. Dann räusperte er sich erneut und meinte:
„Ich bin Runsten nicht an die Wäsche gegangen, weil ich deine Nachforschungen nicht behindern wollte. Und was bringt das auch.“
„Unsere Nachforschungen“, erwiderte Hanna, ohne dass Filip widersprach.
„Warst du eigentlich schon mal in Motala?“

„Das ist aber nett, dass die Frau so kurzfristig Zeit hat", meinte Filip, während er versuchte, an einem Holzlaster vorbeizukommen.
Hanna klammerte sich am Dachgriff fest. Ihre Fingerknochen waren weiß vor Anstrengung.
„Und sie hat sicher noch etwas mehr Zeit. Also kein Grund zur Eile." Filip ignorierte sie.
„Sind denn alle Laster Schwedens heute hier unterwegs. Ich hasse diese Straße."
Seit sie bei Mjölby auf die Reichsstraße 50 abgebogen waren, hatte sich der Saab an einem LKW nach dem anderen abgearbeitet. Und Wohnmobilen. Und Wohnwagengespannen. Und mausgrauen anderen Saabs voller alter Leute.
„Was hältst du von einem Abstecher zu den Schleusen", fragte Filip kurz vor Motala. Die Anlage hatte ihn immer fasziniert. Die wiederkehrenden Abläufe beim Schleusen der Yachten, das strömende Wasser in den Kammern und natürlich das obligatorische Eis vom Kiosk. Als Kind war er dort ein paar Mal mit seiner Mutter gewesen und später einmal mit Suzanna, die immer von einer Fahrt auf dem Götakanal an Bord eines der alten Kanalschiffe, am besten der Juno, geträumt hatte. Filip hatte den Wunsch immer als „Senioren-Idee" abgetan und gesagt, das könnten sie immer noch machen, wenn beide alt und grau wären.
Hanna sah auf ihre Uhr.
„Eine tolle Idee. Da war ich lange nicht. Wir könnten ein Eis essen. Vielleicht kommen ja sogar ein paar Boote und werden geschleust. Ich liebe das. Aber lass es uns auf der Rückfahrt machen."
Ein Schild kündigte die Motalabron an und er fragte sich wie immer, ob die geringe Maut den organisatorischen Aufwand lohnen würde. Gerade bei Autos aus dem Ausland.
Ab Motala wurde das Überholen fast unmöglich.
Als er wieder einmal sehr dicht an ein deutsches Wohnmobil heranfuhr, in dem laut Aufschrift Günther, Elke und ihr Hund Bodo on Tour waren, stöhnte Hanna leise auf.
„Ich bin auch gespannt darauf zu sehen, wo August Malmström geboren wurde, aber trotzdem oder gerade deshalb wäre es schön, wir kämen lebend ans Ziel."

„Ist ja nicht mehr weit," erwiderte Filip und zog an dem Wohnmobil vorbei, obwohl ein Laster in Sichtweite war. Günther zeigte ihm einen Vogel. Bodo bellte tonlos aus dem Fenster. Elke schlief.

Fast hätte Filip die kleine unscheinbare Straße rechter Hand verpasst. Er schlingerte um die Ecke, was Hanna zu einem letzten Aufstöhnen veranlasste, ehe der kleine Hof in Sicht kam, auf dem Johan August Malmström aufgewachsen war. Ein unscheinbares weißes Häuschen mit einer gelben Tür, links und rechts flankiert von roten Schuppen. Hinter einer niedrigen kleinen Pforte stand eine blonde Frau in Jeans und engem T-Shirt und winkte ihnen etwas verlegen zu. Sie hatte sich an einer steinernen Säule abgestützt und wies auf einen kleinen Parkplatz.
„Überlebt!", stellte Hanna fest, als sie ausgestiegen waren und unter einem Schild aus dunklem Holz mit der weißen Inschrift „Nubbekullen" hindurch einen kleinen Hügel hinauf zum Hof gingen. Vor einem Fenster mit rotem Rahmen stand eine weiße Bank in der Sonne.

Die Frau vom Gartentor kam ihnen lächelnd über den Kiesweg entgegen. Fast erinnerte es an den Gang eines Modells auf dem Laufsteg, wenn da nicht ein leichtes Nachziehen des rechten Beines gewesen wäre.
„Mund zu", entfuhr es Hanna, doch Filip hatte keine Zeit, sich über ihren kleinen Ausbruch zu wundern.
„Herzlich Willkommen, ich bin Pernilla."
Sie streckte Filip ihre Hand entgegen. Pernilla war so groß wie Filip und ebenso breitschultrig. Ihre Stimme überraschte ihn, denn sie war sanft und passte eigentlich gar nicht zu ihrem Aussehen. Ihr Händedruck war fest und trocken. Sie kam ihm bekannt vor, doch er hatte keine Idee, wo er Pernilla Lindh schon einmal getroffen haben könnte.
„Ihr wart lange unterwegs?"
Hanna nickte.
„So viel Verkehr."
„Möchtet ihr einen Kaffee? Oder etwas Kühles?" Pernilla schaute nach oben. „Was für ein herrliches Wetter."
Sie führte Filip und Hanna zu einem Mühlstein, der auf einem Betonblock zu einem runden Tisch umfunktioniert worden war.

Darum gruppiert standen ein paar Stühle aus Kunststoff, deren unverwüstliche Existenz sich nicht einmal der kleine August in seiner Fantasie hätte ausmalen können. Pernillas Schritte knirschten auf dem Kies, den kein Halm Unkraut verschandelte. Filip musste an das Haus seines Onkels denken. An sein Haus, korrigierte er sich in Gedanken.

Hanna rollte mit den Augen, als sie Filips Blick auf den Rücken und dem Po Pernillas bemerkte. Filip schätze sie auf vierzig, doch er war noch nie gut darin gewesen, das Alter von Menschen zu erraten.
Der Kaffee war ausgezeichnet, die Kekse auf einem kleinen Teller dagegen sehr trocken. Sie sprachen über das Wetter und die nervige Straße, die durch die Bäume zu hören war. Wie eine leichte Brandung am Meer.
Als hätte Pernilla seine Gedanken erraten, meinte sie:
„Manchmal fühle ich mich hier wie am Strand."
Nach dem Kaffee erzählte sie, von wem der Hof verwaltet wurde, während sie ihre Besucher durch das Haus führte.
„Das ist ja klein", meinte Hanna.
Pernilla nickte. „Ja, früher musste man sich mit wenig Platz begnügen. Privatsphäre gab es kaum und …"
Plötzlich rief sie laut: „Vorsichtig, dein Kopf" und hielt Filip zurück, ehe er mit dem Kopf gegen einen Türrahmen lief. Ihr Griff war fest.
„Früher waren die Häuser niedriger. Und die Menschen kleiner."
„Vielen Dank."
„Gern geschehen," erwiderte sie mit sanfter Stimme, die so gar nicht ihrem kräftigen Griff zuvor entsprach.
In der guten Stube bedeckten blaue Flickenteppiche die Holzdielen, auf einem Esstisch lagen aufgeschlagene Bücher und in den Fenstern standen weiße Töpfe mit leuchtend roten Geranien. Über einem geschwungenen brauen Sofa hingen, natürlich, in einem goldenen Rahmen, die berühmten Kinder vor dem Tor. Neben einem Spinnrad baumelte von der niedrigen Decke etwas aus Holz, das Filip noch nie gesehen hatte. Er tippte, dass es eine Art Kinderstuhl war, doch er wollte nicht fragen. Wahrscheinlich wusste sonst jeder – jede - was es war. An einer anderen Wand hingen zwei große Portraits. Ein Mann in Gala-Uniform und eine ernst blickende Frau mit hochgesteckten Haaren. Malmströms Eltern? Das damalige

Königspaar? Filip hatte keinen Schimmer, doch er wollte sich auch hier keine Blöße geben.

„Und es gibt wirklich nicht viel zu sehen", meinte Pernilla lachend. Ein Schneidzahn stand schief, was aber nicht störte, sondern ihr Gesicht interessant machte.

„Deshalb gibt es hier auch nur auf Anfrage Führungen. Für echte Hardcore-Fans. Und solche wie euch."

Wieder lachte sie und legte kurze ihre Hand auf Filips Arm.

„Und solche wie uns", wiederholte Hanna. Sie hatte den eigentlichen Grund ihres Besuches eher vage umrissen.

Pernilla machte eine ausholende Armbewegung und fuhr sich durch ihr Haar.

„Hier findet ihr den gesamten Nachlass von August Malmström."

Filip fragte sich, ob von ihm auch nicht mehr übrigbleiben würde.

„Nur das echte Grindslanten gibt es hier nicht", stellte Hanna fest und Filip meinte, einen Unterton zu hören. Sie wies zur Wand über dem alten Sofa. „Eine schöne Kopie."

Die blonde Frau nickte. „Immerhin, da gibt es ja auch viel Mist. Das Original können wir uns nicht leisten. Das hängt in Stockholm, in der Waldemarsudde. Aber auch so halten wir das Ansehen unseres größten Malers in Ehren."

„Das sehen nicht alle so."

Pernilla kniff die Augen zusammen und wieder fragte sich Filip, woher er sie kannte.

„Das mag sein, aber wenn sie in Schweden nach unserem berühmtesten Bild fragen, wird die Antwort in den meisten Fällen dieselbe sein."

„Kommt drauf an, wen man fragt."

„Grindslanten!" stellte Filip fest, so als werfe er sich zwischen zwei kämpfende Löwinnen.

„Mein Onkel hätte das ganz gewiss gesagt", meinte er, während sie in einen der Schuppen gingen, der eine kleine Werkstatt beherbergte. Filip erzählte ihr in groben Zügen von seiner Erbschaft und dem Raum mit den vielen Variationen des Bildes.

„Die Sammlung musst du mir unbedingt einmal zeigen", hauchte Pernilla.

Hanna atmete hörbar aus.

„Was kann ich denn noch für euch tun? Ich habe gleich einen Termin in Motala. Leider. Mit meinem Ex." Sie sah Filip an und ergänzte: „Bin schon länger solo."

Hanna rollte die Augen.

„Wie ich am Telefon schon gesagt hatte, gab es in letzter Zeit einige Einbrüche bei Leuten mit Versionen von Grindslanten. Wie bei Filip." Dabei legte sie ihre Hand auf dessen Arm. „Die Geschichte reizt mich. Einbrüche. Das berühmteste Gemälde Schwedens. Seine Faszination und seine Geschichte. Die Frage, ob es zwei Originale gibt."

Pernilla lächelte. „Die alte Vermutung. Ich halte das für ein Gerücht, gestreut, um den Preis zu drücken. Es wurde ja oft verkauft und noch öfter angeboten. Leider hat Malmström überhaupt nichts Schriftliches hinterlassen. Er war ein ziemlicher Querkopf. Heute würde man vielleicht „Kauz" sagen. Er war auch gegen das Signieren von Bildern, weil er meinte, nicht der Name mache ein Werk aus, sondern das künstlerische Schaffen, das für sich selbst sprechen müsse.

„Das weiß man woher?" fragte Hanna spitz.

„Andere haben über ihn geschrieben."

„Keine Tagebücher? Das war doch damals in Mode."

Pernilla schüttelte den Kopf. „Dann hätte ich längst ein Buch über ihn verfasst."

„Jetzt weiß ich, woher ich dich kenne."

Die beiden Frauen sahen ihn fragend an und er meinte, bei Hanna ein tonloses „echt jetzt" von den Lippen abzulesen.

„Olympia."

Pernilla lächelte und schien leicht zu erröten.

„Stimmt. Dass du dich daran erinnerst. Oder ruderst du auch?"

Filip schüttelte den Kopf: „Wenn ich ehrlich bin, hatte ich mir das damals nur im Fernsehen angeguckt, weil ich mir ein Bein gebrochen hatte." Er blickte ihr ins Gesicht. „Du hattest die Haare kurz."

„Sportlich-praktisch sagte man damals. Und ich hieß noch Stenström."

Sie fuhr erneut mit den Händen durchs Haar. Ihre Finger waren lang und feingliedrig. Filip hätte bei einer ehemaligen Leistungssportlerin eher grobe Hände erwartet.

„Ich war also nur eine Art Lückenbüßer?" fragte Pernilla, gespielt beleidigt mit Schmollmund.

„Klärt mich mal jemand auf?" mischte sich Hanna ein und atmete dabei hörbar aus.

Filip erzählte ihr, dass Pernilla eine sehr erfolgreiche Ruderin gewesen war und an den Olympischen Spielen und an Weltmeisterschaften teilgenommen hatte.

„Zum Gold hat es leider nicht gereicht", ergänzte sie und wiegelte mit Gesten ab, als Filip ihre Erfolge beschrieb.

„Aber zur Weltmeisterin."

„Einmal."

„Das ist doch super. Wer kann das schon von sich behaupten", sagte Filip, „ich war mal Zweiter im Skilanglauf meiner Schule. Das wars."

Pernilla lachte. „Immerhin."

„Und jetzt das Malmström-Museum!" stellte Hanna nach einer kurzen Pause in Richtung Pernilla in einem Tonfall fest, der sich fast wie eine Beleidigung anhörte.

„Das ist natürlich nicht mein Hauptberuf. Ich arbeite in Motala in der Stadtverwaltung und bin ehrenamtlich für die Västra Ny Hembygdsförening tätig, die Nubbekullen gekauft hat."

„Ehrenamtlich", wiederholte Filip mit ehrlicher Bewunderung. Schon oft hatte er sich über sich selbst geärgert, weil er jegliches soziale Engagement vermissen ließ. Dabei gab es so viel zu tun. In kleinen Museen, Altenheimen oder in Sportvereinen. Meckern war leicht, aber Machen oft schwierig.

„Ich finde es wichtig, dass das alte Wissen und die Erinnerungen für die zukünftigen Generationen bewahrt werden", unterbrach Pernilla seine Gedanken.

„Toll. - Wie finanziert ihr euch?" fragte Filip.

„Mitgliedsbeiträge, Spenden. Ihr könnt gern mitmachen."

Hanna verzog kaum merklich den Mund, aber Pernilla hatte es gesehen.

„Man kann auch swishen."

„Man kann auch swishen", äffte Hanna Pernilla Lindh nach, als sie wieder in Filips Saab saßen und Richtung Motala auf die Landstraße eingebogen waren.

Er lachte.

„Ich fand den Besuch sehr interessant", ergänzte er.

„Das glaube ich", meinte Hanna.

Filip sah sie verständnislos an.

Hanna machte eine abwehrende Handbewegung: „Für den Fall hat es nichts gebracht."

Filip zuckte mit den Schultern und meinte: „Immerhin wissen wir, dass hier nicht eingebrochen worden ist. Und ging es nicht darum, ein Gefühl für Malmström zu bekommen? Tiefer einzutauchen?"

Als sie nicht antwortete, ergänzte er: „Ich habe nun ein besseres Bild vom alten August."

„Nicht nur von ihm", murmelte Hanna. „Ist das mit dem Foto echt nötig gewesen?"

Filip hatte zum Abschied ein Selfie gemacht.

„War doch nett."

Statt einer Erwiderung machte sie ein undefinierbares Geräusch.

Als Filip in Motala zur Schleuse abbiegen wollte, streckte Hanna eine Hand in Fahrtrichtung aus.

„Ich bin müde. Lass uns nach Hause fahren."

Auf Mix Megapol sang Miss Li, dass es kompliziert sei, aber Filip hörte nicht zu, sondern konzentrierte sich auf waghalsige Überholmanöver, ehe es auf die Autobahn nach Süden ging.

Der Sommer gab endlich langsam auf. Zehn Grad weniger. Grau statt blau. Von hellen Lampen hatten Onkel Lars und Tante Gudrun nicht viel gehalten. Im trüben Gelb eines Lampenschirms lagen tote Fliegen. In einer Schublade des alten Sekretärs hatte Filip den Schlüssel der Uhr gefunden. Sie ließ ihr lange vergessenes, aber vertrautes Ticken hören.

Filip stand über mundgeblasene Gläser der Bergdalahyttan gebeugt, die er auf der alten Tischplatte verteilt hatte. Die tiefen Spuren längst vergangener Generationen vermischten sich mit der Handwerkskunst moderner Glasbläser. Wenn man genau hinsah, konnte man erkennen, dass ein Per seinen Namen auf der Platte verewigt hatte. Der leuchtend blaue Rand der Gläser bildete einen wunderbaren Kontrast zum Braun der Eiche. Die Glasbläserei in Småland war bekannt dafür, einen wunderschönen Holzboden zu haben und Filip war, ganz entgegen seiner Art, mit sich sehr zufrieden, diesen Umstand in den Bildern aufzunehmen. Nur das Licht passte noch nicht. Er ging zu seinem Wagen und holte zwei weitere Strahler. Der Regen hatte das Unkraut zwischen dem Kies sprießen lassen. Die Nachbarin grüßte ihn freundlich und er winkte zurück. Den Termin mit dem dänischen Makler, der gefühlt jedes zweite zum Verkauf stehende Haus der Gegend in Hemnet präsentierte, hatte er bereits zweimal verschoben. Zu seiner eigenen Verwunderung.

Am Nachmittag besuchte er Tante Gudrun. Sie lag unverändert im Bett und starrte an die Decke. Filip erzählte ihr von Nubbekullen und dass er mit YouTube-Tutorials zu erlernen versuchte, den Anlasser seines Saabs zu reparieren und andere kleine Reparaturen am Wagen durchzuführen. Er bezweifelte, dass die alte Frau jemals etwas von YouTube gehört hatte.

Als er ging, traf er Malin, die Pflegerin, der er von dem Raum mit den Grindslantens erzählt hatte.

„Wie geht es Hanna?" fragte sie.

Filip zögerte einen Moment. Er hatte öfter an sie gedacht, aber seit dem Besuch in Malmströms Elternhaus hatten sie sich nicht mehr gesehen oder gesprochen.

„Ich habe sie lange nicht gesehen", meinte Malin fröhlich und zog
einen nassen Mantel aus, „wahrscheinlich hat sie viel zu tun."
„Bestimmt". Filip nickte, obwohl er keine Ahnung hatte.

In der Pizzeria in Svängsta kaufte er sich eine Kebap-Rolle, deren
Inhalt sich unschön über seinen Pullover verteilte. An der Tankstelle
besorgte er sich seit langem einmal wieder eine Carlshamn
Allehanda und als Nachtisch ein Daim-Eis, das er kurz vor dem
Mörrum mit schlechtem Gewissen aus dem Fenster warf. Die Waffel
war pappig und die Spitze abgebrochen.
Zurück im Haus, setzte er sich in den Lieblingssessel seines Onkels
und überflog die Zeitung. Man spielte mit dem Gedanken, ein
kleines Kernkraftwerk in Karlshamn zu bauen. Lernte denn
niemand aus Tschernobyl oder Fukushima? Die Befürworter sollten
verpflichtet werden, direkt neben so einem Kraftwerk zu wohnen.
Der IFK Karlshamn hatte mal wieder verloren und Burger King
plante, ein Restaurant zu eröffnen. Braucht niemand, dachte Filip,
als sein Blick auf einen Artikel über ein Theaterstück fiel. Verfasserin:
Hanna Helin. Da klingelte sein Mobiltelefon.
Unbekannte Nummer.
„Ja?"
Kurzes Schweigen.
„Bist du es, Filip?" fragte eine sanfte Stimme.
„Pernilla?" fragte er zurück.
„Ja, hallo. Ich hoffe, ich störe nicht."
„Du störst nicht."
„Ja, also", sie schien nach Worten zu suchen, „es war sehr nett, als
du neulich in Nubbekullen warst."
Dann ergänzte sie schnell ein „ihr".
„Ja, fand ich auch", erwiderte Filip, nur um irgendetwas zu sagen.
„Ich bin morgen in deiner Gegend. Ich dachte, wir könnten uns auf
einen Kaffee treffen?"
„Du möchtest die Sammlung meines Onkels sehen?"
„Die Sammlung deines Onk...? Ach so, ja, genau," antwortete
Pernilla. „Passt es morgen"?
Filip überlegte kurz, ehe er sagte: „Gut, dann bis morgen. 11 Uhr?"
„Sehr gern. Bis morgen dann. Ich freue mich."
„Ich mich auch", antwortete er und wusste gar nicht so genau,
warum.

Filip wachte viel früher auf als gewöhnlich. Er duschte kalt und sprayte sich mit Deo ein, was er sonst fast nie tat. Die Marke kannte er gar nicht. Die Dose stammte noch von seinem Onkel.

Er freute sich auf den ersten Kaffee des Tages auf der Veranda zum Fluss, denn der Himmel war nicht ganz so wolkenverhangen wie tags zuvor, als er bemerkte, dass die Kaffeedose leer war. Filip zog sich schnell an und fuhr zum nächsten Coop. Dort packte er gleich noch ein paar Kanelbullar ein, damit er Pernilla etwas anbieten konnte.

Erst als er mit dem dampfenden Kaffeebecher über den Mörrum blickte, begann er sich Gedanken über den Besuch Pernillas zu machen und er fragte sich, ob es ihr wirklich nur um die Bilder ging. Er nahm sein Handy und öffnete das Foto, das er bei ihrem Besuch aufgenommen hatte.

Rein äußerlich gefiel sie ihm sehr und er erkannte eine ganz entfernte Ähnlichkeit mit Suzanna. Hanna aber schien auf dem Foto wie erdrückt zu werden und auch wenn er es nicht in Worte fassen konnte, meinte er zu ahnen, warum sie von der Aufnahme nicht erfreut gewesen war.

Er fragte sich, ob Pernilla mit ihm geflirtet hatte. Und ob die Stille zwischen Hanna und ihm, auf der Rückfahrt von Motala, darin begründet war. Und dass sie sich seitdem nicht mehr gemeldet hatte. Es war nett mit ihr gewesen, dachte er.

Pernilla war auf die Minute pünktlich. Filip hatte sie schon durch die Küchenscheibe gesehen, wartete aber mit dem Öffnen. Er wollte nicht wie jemand rüberkommen, der es nicht abwarten konnte.

Sie umarmte ihn, was er etwas linkisch erwiderte. Dann hauchte sie ihm einen angedeuteten Kuss auf die Wange. Er spürte ihre Brüste, ehe sie sich von ihm löste.

Als er die Tür schloss, sah er seine Nachbarin vorbeigehen.

„Schön hast du es hier", meinte sie und wies in Richtung Küche. „Fast wie Nubbekullen."

Filip lachte.

„Du hast Recht. So habe ich das noch nie gesehen."

Der Grundriss war sehr ähnlich, auch wenn Nubbekullen etwas kleiner schien und manche seiner Möbel waren ebenfalls museumsreif. Noch einen Unterschied gab es: Sein Onkel und seine Tante hatten es nicht für nötig gehalten, einen Vorbau vor der Eingangstür zu bauen.

Filip führte Pernilla auf die Veranda. Sie trug Turnschuhe und Leggins unter einem kurzen Rock. Ein enges T-Shirt vom Hard Rock Café und eine dünne, offene Weste, obwohl es merklich abgekühlt hatte. Filip kam sich in seiner abgewetzten Jeans und dem Sweat-Shirt plötzlich schäbig vor.
Sie sprachen über das Haus und Filip erzählte von Onkel Lars und Tante Gudrun. Pernilla fragte interessiert nach und zeigte dabei wieder beim Lächeln den schief stehenden Schneidezahn. Sie selbst erzählte von der Zeit nach der Karriere als Sportlerin und ihrem Job in Motala. Als sie auf einem Regal die Gläser von Bergdala sah, wollte sie alles über seinen Job wissen und meinte, dass er sich glücklich schätzen könne das zu tun, was ihm wirklich Spaß macht. Filip zeigte ihr ein paar seiner älteren Arbeiten und als sie über den Laptop gebeugt standen, konnte er ihr dezentes Parfüm riechen.
„Das ist wunderschön", meinte sie, „du bist wirklich ein Künstler."
Verlegen wehrte er ab.
„Malmström war ein Künstler. – Apropos: Kommst du mit hoch? Dann kann ich dir meine Sammlung zeigen?"
„Das wäre wunderschön."
Während sie die knarrende Treppe hochstiegen, dachte Filip mit Schrecken daran, wie seine letzten Worte rübergekommen sein konnten. Mit hochkommen. Meine Sammlung zeigen. Abgesehen davon, dass es die Sammlung seines Onkels war, hatte er sich angehört wie ein Typ, der eine Frau aufreißen will und sie mit seiner Briefmarkensammlung in seine Wohnung lockt.
„Wow!" Pernilla schob beeindruckt ihre Unterlippe vor, „das sind eine Menge Grindslantens."
„Sehr speziell, oder?" kommentierte Filip und öffnete ein Fenster. Die Luft roch abgestanden und ihm fiel sein Altherrenduft auf.
„Was hast du jetzt mit den Bildern vor?"
Filip zuckte mit den Schultern.
„Ich weiß noch nicht mal, was ich mit dem Haus vorhabe."
„Wie wäre es mit einem Museum", sagte Pernilla lächelnd und fuhr sich durch ihr blondes Haar.

„Dann könnten wir uns immer austauschen und zusammen-
arbeiten."

Als sie wieder unten waren, bat Filip Pernilla in die Küche, denn
heftiger Regen hatte eingesetzt und das Dach der Veranda war
undicht. Sie hatte einem Kaffee und Kanelbullar freudig zugestimmt.
Filip setzte neuen Kaffee auf und deckte den Tisch, wobei er den
Becher mit dem Nilpferd sorgsam vermied. Als er gerade in einem
Schrank unter der Spüle einen Schraubenzieher suchte, weil der
Griff der Kaffeekanne lose war, klopfte es an der Tür. Pernilla wollte
gerade die Kanelbullar auf einen Teller legen.
„Ist bestimmt die Nachbarin", meinte Filip schmunzelnd, etwas
gedämpft aus dem Schrank, weil der Werkzeugkasten in die
hinterste Ecke verschwunden war.
„Die fragt bestimmt nach Zucker oder Milch. In Wirklichkeit ist sie
sehr neugierig und will wissen, wer du bist."
„Soll sie", sagte Pernilla, die Tüte mit den Kanelbullar in der Hand,
„ich gehe schon."
„Danke", kam es dumpf aus dem Schrank.
Pernilla ging zur Tür und öffnete.
„Oh!" kam es ihr entgegen.
Pernilla blickte zwei Stufen hinunter auf eine sichtlich überraschte
Hanna, die mit nassem Haar und einer durchsichtigen Tüte mit
Kanelbullar vor ihr stand.
„Ja?" fragte Pernilla, ohne sie ins Haus zu bitten.
Inzwischen hatte sich Filip aus dem Schrank geschält und kam mit
dem Schraubenzieher in der Hand zur Tür.
„Zucker oder Mehl", murmelte er leise zu Pernilla, ehe er sehen
konnte, wer da im Regen stand.
„Kanelbullar!" kam es trocken von ihr zurück.

Die Wohnung Hannas lag am Marktplatz von Karlshamn. Filip stellte seinen Wagen vor dem Rathaus ab und ging über den Wochenmarkt, der heute nur aus der obligatorischen Vietnamesin mit Pilzen und einem gelben Wagen mit Kuchen bestand. Die kleine freundliche Frau aus Vietnam schien immer dort zu sein. Mal mit Pfifferlingen, mal mit Blaubeeren oder Erdbeeren und manchmal mit Blumen.

Er hatte Hannas Adresse aus dem Internet, denn bisher war er noch nie bei ihr gewesen. Und er wusste nicht, ob er jetzt willkommen war. Seine Anrufe nach ihrem Besuch bei ihm hatte sie weggedrückt und auf die Nachrichten, die er auf ihrer Mailbox hinterlassen hatte, nicht reagiert.

Die Drottninggatan war voller Leben. Viele trugen Einkaufstaschen und Filip fragte sich, ob ein besonderer Ausverkauf lief. Es duftete nach Bratwurst. Zwei mittelalte Männer wendeten teilweise sehr ungesund verkohlt aussehende Würste auf einem klapprigen Grill zur Unterstützung eines Sportvereins. Würstchen für den guten Zweck. Filip musste an Ehrenämter denken. An Pernilla.

Um den Brunnen auf dem Stortorget rannten laut kreischende Kinder, während ihnen ihre Eltern auf den Bänken, mit einem Kaffee aus dem Espressohaus in der Hand, zusahen und gelegentlich Warnungen zuriefen, sie mögen bitte nicht ins Wasser gehen.

Filip klingelte. Nichts geschah. Er wollte schon erneut auf den weißen Knopf neben dem Namen Helin drücken, als Hannas Stimme scheppernd aus der Gegensprechanlage zu hören war.

„Wer ist da?“

Filip antwortete.

Wieder gab es eine kurze Pause.

„Filip? Was willst du?“

„Bitte. Ich möchte gern mit dir reden.“

„Ich nicht mit dir.“

„Bitte.“

„Worüber wollen wir sprechen?“

„Über vorgestern?“

„Was gibt es da noch zu besprechen!“

Keine Frage, eine Feststellung. Aber immerhin ließ sie die Sprechtaste nicht los.

„Warum deine Kanelbullar besser schmeckten als meine?"

„Du hast sie gegessen?"

„Sollte ich sie im Regen vergammeln lassen?"

„Du spinnst." Sie machte eine Pause. „Ich bin nicht da."

Na also, dachte Filip. Es gibt Hoffnung.

„Kann ich jetzt reinkommen? Die Leute gucken schon."

Tatsächlich stand ein kleines Mädchen mit einem hechelnden Mops neben Filip und betrachtete ihn so ungeniert, so unbefangen, wie es nur kleine Kinder können.

„Nein."

„Dann setze ich mich solange auf die Straße, bis du mich reinlässt."

„Das traust du dich nicht."

Filip drehte sich um, trat auf die Drottninggatan und setzte sich im Schneidersitz auf den Boden. Das Mädchen und der Mops sahen ihn erstaunt an. Weder sie noch jemand von den Passanten, die um ihn herumgehen mussten, sagten etwas. Ein Mann vom Grill zeigte mit der Grillzange auf ihn und sprach mit seinem Kollegen.

Filip sah hoch zu den Fenstern. Nach einer Weile bewegte sich etwas im ersten Stock. Eine Blume wurde zur Seite gestellt. Dann öffnete sich ein Fenster.

„Du hast ja einen Knall", rief Hanna. „Steh auf, ich öffne die Tür."

Der Mops bellte ihm nach, als er das Haus betrat und die Treppe hinaufstieg.

Hanna stand an der Tür. Selbstgestrickte Wollsocken, eine Art Pumphose und ein Sweatshirt mit dem Aufdruck der Teatersmedjan. Filip meinte sich zu erinnern, dass sie erzählt hatte, dort früher Theater gespielt zu haben.

„Was ist in dich gefahren?" meinte sie und führte ihn in das Wohnzimmer. Es war spartanisch eingerichtet. Ein Sofa, ein Couchtisch aus Kunststoff auf einem flauschigen Teppich und zwei Regale mit Büchern. An den Wänden hingen Kunstdrucke, die Filip dem Impressionismus zuordnete. Kein Grindslanten. Auf den Fensterbänken sah er Blumen und Kerzen.

„Was sollte das?" wiederholte Hanna ihre Frage.

Tatsächlich war Filip von sich selbst überrascht. Er zuckte mit den Schultern.

„Ich", begann er zögernd, „ich wollte mich entschuldigen für Vorgestern."

Hanna sah ihn erstaunt an.

„Du? Dich? – Du hast doch nichts gemacht."

Genau das ist das Problem, dachte er.

„Ich fand es nicht nett, wie Pernilla dich behandelt hat. So von oben herab. Ich – ich hätte etwas sagen sollen."

Hanna nickte, eher gedankenverloren, als zustimmend. Sie ließ sich auf die Couch fallen. Filip lehnte gegen die Fensterbank. Das Mädchen mit dem Mops ging an der Hand einer Frau über den Marktplatz.

Hanna schwieg eine Weile, wischte sich etwas Imaginäres von der Nase, ehe sie leise sagte:

„Du musst dich nicht entschuldigen. Mir ist mein Auftritt so unendlich peinlich. So einfach weglaufen, wie ein kleines Kind. Deshalb wollte ich auch nicht mit dir reden. Nicht, weil ich eifersüchtig auf Pernilla bin, oder so. Ich wünsche euch beiden alles Glück der Welt …"

Filip wollte sie unterbrechen, doch Hanna hob die Hand.

„Lass mich ausreden. Bitte. Also: es geht mich nichts an, mit wem du zusammen bist." Sie sah Filip ins Gesicht und ergänzte: „Oder zusammen sein könntest oder nicht zusammen bist. Ich fand meinen Abgang peinlich. Und wie ich in Nubbekullen war. So peinlich. Vor Pernilla, vor dir und vor allem vor mir."

„Und vor der Nachbarin. Die hat mich gestern angesprochen, wer …"

„Danke, sehr hilfreich", meinte Hanna.

Filip löste sich vom Fenster und hockte sich vor Hanna, die wie ein Häufchen Elend im Sofa versunken war.

„Du warst überrascht, als Pernilla die Tür aufgemacht hat. Wäre jeder. Und ich fand schon, dass sie dich nicht nett behandelt hat. Irgendwie überheblich. So von oben herab. Und bitte glaube mir und auch wenn es dir völlig egal ist: Ich habe nichts mit ihr. Ja, ich finde sie attraktiv und ja, sie war sehr nett in Nubbekullen, aber das ist doch nicht alles und ich kenne sie ja noch kaum."

Er war wieder erstaunt, wie offen er zu Hanna sprach. Über Gefühle. Suzanna hatte ihm manchmal vorgeworfen, alles in sich hineinzufressen, anstatt zu reden. Mit ihr zu reden.

„Ich bin in diesen Dingen nicht gut“, fügte er hinzu, „vielleicht bin ich auch zu lange raus aus dem Thema. Kann Zeichen nicht deuten. Merke nicht, ob jemand flirtet oder nur nett ist. Deute zu viel, deute zu wenig.“

Welches Thema er meinte, präzisierte er nicht weiter, aber Hanna würde es wissen, dachte er.

Hoffte er.

Und fühlte sich unsicher.

Sie schniefte.

„Jetzt sitze ich hier und tue mir selbst leid“, meinte sie nach einer Weile „immer dieser Scheiß. Was andere über einen denken. – Tun sie sowieso.“

„Wollen wir einen Kaffee trinken gehen?“ fragte Filip.

„Gefällt dir meine Wohnung nicht?“

„So habe ich …“

„War ein Witz“, meinte sie lächelnd und rieb sich über die Augen, „komm, wir gehen in die Villa Utsikten.

„Hat die wieder auf?“ fragte Filip. Er kannte das Lokal in dem alten Holzhaus mit den vielen Sitzecken in den Felsen hoch über Karlshamn von früheren Besuchen.

„Der Weg dahin ist das Ziel“, stellte Hanna fest, „statt Autofahren. Lass uns gehen.“

Sie spazierten am Kai entlang Richtung Östra Piren, wo man scheinbar versuchte, mit ein paar Neubauten eine Art HafenCity wie in Malmö oder Helsingborg zu imitieren. Filip fand es schade, dass jetzt der schöne Blick auf die Insel mit dem Kastell verbaut war. Hanna erzählte, dass sie dort auf einer Freiluftbühne früher Theater gespielt hatte. Vom Meer wehte eine frische Brise und sie eilten über die Strandpromenade zum Hamnpark.

„Macht das Mut?“ fragte Filip, als sie vor dem Auswandererdenkmal stehen blieben.

Der Mann schaute nach vorn, die Frau zurück.

Hanna blickte ihn an.

„Darüber habe ich mir nie Gedanken gemacht. Vielleicht, weil es nur Romanfiguren sind.“

Sie schwieg eine Weile. Eine Möwe setzte sich auf den Kopf des Mannes.

„Die beiden brechen in eine gemeinsame Zukunft auf und natürlich spielt die Vergangenheit, das was hinter den beiden liegt, das was sie zurücklassen, eine Rolle,“ sagte sie nach einer Weile.

Filip sah sie lange an und fragte sich, ob Hanna wirklich nur Axel Olssons Kunstwerk meinte.

„Werden die beiden glücklich?“

„Das mag jetzt etwas peinlich sein, aber ich habe das Buch nie gelesen.“

„Ich hatte Moberg in der Schule, aber ...“

Er zeigte abwechselnd auf sein rechtes und sein linkes Ohr.

„Hier rein, da raus.“

Beide lachten und das war schön.

Die Möwe kackte Karl-Oskar auf den Kopf und flog davon.

Als Filip am nächsten Morgen aufwachte, musste er einen Moment überlegen, wo er war. Keine Uhr tickte, kein Fluss rauschte. Dann hupte ein Auto und eine Toilettenspülung wurde betätigt.
Er entleerte eine kleine Packung löslichen Kaffees in einen Becher, setzte sich ans Fenster und sah auf die Straße.
Die Villa Utsikten hatte geschlossen gehabt und so waren sie weiter bis in den Fischereihafen spaziert, um sich dort in der Räucherei Fischbrötchen zu holen. Sie hatten sich über dies und jenes unterhalten, Theater, Fotografie, Benzinpreise oder Politik. Nicht über Grindslanten, nicht über Pernilla. Aber auch nicht über sich beide.
Einfach nur zwei gute Freunde auf einem Spaziergang.
Am Ende hatten sie sich an Filips Auto voneinander verabschiedet und sich umarmt. Er hatte Hanna nachgesehen. Kurz vor dem Haus hatte sie sich umgedreht und ihm kurz zugewinkt. Dann war sie in der Haustür verschwunden und hatte sich auf den Weg nach Malmö gemacht.

Die nächsten Tage verbrachte Filip in einem neuen Restaurant im Stadtteil Möllan, für dessen Website er Fotos machen und Texte verfassen sollte. Er kannte einen der Gründer, einen Koch namens Tom, über drei Ecken. Neben dem Honorar genoss er den angenehmen Begleiteffekt, viele Gerichte, die es eventuell auf die Karte schaffen sollten, testen zu dürfen.
Als er gerade die Fotos der Restaurantküche sichtete, klingelte sein Telefon.
Pernilla.
Einen Moment dachte er daran, den Anruf wegzudrücken. Er hatte ihre Nummer schon am Vortag auf dem Display gesehen, aber nicht zurückgerufen.
„Hallo Filip, hier ist Pernilla," hörte er, als er schließlich doch den grünen Knopf gedrückt hatte.
„Hallo Pernilla," erwiderte er nur.
Sie räusperte sich.
„Wie geht's?"
„Gut."

„Wegen neulich. Also, ja, schade wie es gelaufen ist. Ich wollte fragen, ob wir uns treffen wollen. Ich habe mich sehr wohl bei dir gefühlt, bis … also wir können uns ja auch bei mir treffen, ungestört."

„Ich habe gerade viel zu tun. Jede Menge Aufträge," gab Filip zurück und spürte, wie schwach das klang.

„Ich mag dich", meinte Pernilla und fügte hinzu: „Und ich habe gesehen, wie du mich angeschaut hast."

Filip errötete und er war froh, dass Pernilla ihn nicht sehen konnte.

„Findest du mich nicht hübsch?" fragte sie und ergänzte, als er nicht sofort antwortete: „Ist es das Bein?"

„Nein," stieß Filip hervor, „es ist nicht das Bein. Und ja, du bist wunderschön."

Aber das ist nicht alles, dachte er, sagte es aber nicht.

Nach dem Besuch in Nubbekullen hatte er Pernilla gegoogelt. Ihre sportlichen Erfolge ergaben jede Menge Treffer und auch zu ihrem Job konnte er allerlei Einträge finden. Einige Beiträge thematisierten das abrupte Ende ihrer Karriere als Ruderin. Bei einem Trainingsunfall mit dem Rad hatte sie sich eine schwere Beinverletzung zugezogen. Fast hätte es amputiert werden müssen. Es konnte schließlich doch gerettet werden, aber seitdem humpelte Pernilla und den Leistungssport hatte sie an den Nagel hängen müssen.

„Komm her!"

„Ich glaube nicht, dass das eine gute Idee ist."

Er hörte Pernilla atmen. Ein Hund bellte in ihrer Nähe.

„Ist es wegen Hanna?"

Das wusste Filip auch nicht.

17 – Åkeholm, Blekinge, heute

Am nächsten Tag konnte Filip nicht im Restaurant fotografieren, weil dort Bauarbeiten durchgeführt werden sollten. Er saß gerade über den Texten zu seinen Bildern vom Außenbereich, als Hanna anrief.

Nach dem kurzen Telefonat setzte er sich fast augenblicklich ins Auto, das zu seiner Überraschung gleich ansprang. Gut zwei Stunden später stand er auf der Veranda über dem Mörrum. Sein Freund, der Reiher, erhob sich majestätisch und auf der Weide gegenüber muhten die Kühe.

Hanna kam dreißig Minuten später, eine Tüte Kanelbullar in der Hand.

„Wenn das jetzt zur Regelmäßigkeit wird, muss ich mit dem Joggen anfangen," meinte Filip fröhlich.

Sie setzen sich an den Küchentisch, auf den Hanna einen DINA4-Zettel ausfaltete.

Sie hatte ihm am Telefon mit dem Verweis auf spannende Neuigkeiten neugierig gemacht.

„Woher hast du das?" fragte Filip.

„Quellenschutz," erwiderte Hanna nur.

Filip las. Es war die Zusammenfassung eines Polizeiberichts, in dem es um einen Mann ging, der vor ein paar Tagen tot in seiner Wohnung in Ronneby aufgefunden worden war. Ein Arzt hatte einen Herzinfarkt als Todesursache festgestellt, aber auch angemerkt, dass der Leichnam auffällige Hämatome aufwies und der kleine Finger gebrochen war. Letzteres konnte beim Sturz passiert sein, aber die blauen Flecken deuteten darauf hin, dass er kurz vor seinem Tod hatte Schläge einstecken müssen.

Filip sah Hanna etwas ratlos an.

"Inwiefern ist das relevant für deinen Fall."

„Unseren Fall!"

„Unseren Fall."

Sie nahm einen Schluck Kaffee aus der Nilpferdtasse.

„Der Mann hieß Mikael Nordensvan."

„Nie gehört."

„Hättest du, wenn du ein Kunstsammler wärst."

Sie biss herzhaft in ihren Kanelbullar und fuhr dann etwas undeutlich fort: „Er hatte einen Handel."

„Mit dem Spezialgebiet Kunst, vermute ich mal – mache es nicht so spannend."
Sie schmunzelte und schob ein paar Krümel auf der Tischplatte zusammen.
„Dieser Nordensvan hatte sich in letzter Zeit etwas zurückgezogen. Aber, und nun wird es interessant, vor ein paar Wochen gab es eine große Versteigerung. Der Nachlass eines Sammlers, eines verarmten Adligen, dem es die schwedische Malerei des 19. Jahrhunderts angetan hatte, kam unter den Hammer. Originale, gute Drucke. Bilder von Bergh, Anna Nordlander, Boklund, Wahlberg. Um nur ein paar zu nennen."
„Die kenne ich alle nicht," meinte Filip ehrlich.
„Aber Carl Larsson kennst du. Und natürlich August Malmström."
„Ich vermute, dass die Sammlung nicht im Stück verkauft wurde?"
Hanna nickte.
„Es gab zwar diese Auktion, aber da wurde nur ein kleiner Teil versteigert. Nur Originale. Kein Grindslanten, zum Beispiel."
„Und alle Bilder aus dem Nachlass waren bei diesem Nordensvan?"
„Ja, ich habe mit seiner Sekretärin telefoniert."
Filip überlegte eine Weile und schaute aus dem Fenster. Ein Kleiber saß auf der Balustrade der Veranda.
„Und deine Quelle wusste, dass Nordensvan etwas mit," er betonte die nächsten beide Worte besonders deutlich, „unserem Fall zu tun haben könnte?"
Hanna lächelte hinter ihrem Nilpferdbecher.
„Aber was bedeutet das für uns?" fragte Filip, „wurde bei dem Mann etwas gestohlen? Könnte er bei mir eingebrochen haben – warum auch immer?
„Es gibt nichts, was es nicht gibt", erwiderte Hanna, „aber ein alter Kunsthändler, der in Häuser einsteigt? Weil er noch mehr Grindslanten-Kopien haben möchte? Ich kann mir nicht vorstellen, dass er der Einbrecher war. Und: Als manche Einbrüche stattfanden, war er auch schon gestorben."
Hanna überlegte einen Augenblick, ehe sie fortfuhr.
„Aber ich habe so ein Bauchgefühl. Kann doch kein Zufall sein. Es wäre bestimmt gut, mal mit seiner Mitarbeiterin zu sprechen. Sie war sehr nett am Telefon und würde uns treffen wollen."
„Bauchgefühl also," sagte Filip schmunzelnd und griff zum letzten Stück Kanelbullar, „ich fülle lieber meinen Bauch.

„Du musst dich auch stärken,“ entgegnete Hanna, „denn morgen reisen wir nach Ronneby.“
„Tun wir das?“ fragte er erstaunt. „Und wenn ich was vorhabe.“
„Hast du nicht,“ meinte Hanna fröhlich und fuhr sich mit einer übertriebenen Geste durch ihr Haar.
„Du willst es doch auch.“

August Malmström fluchte nie. Das hatte seine gottesfürchtige Mutter ihm immer verboten, aber an diesem Tag war er mehrmals kurz davor. Schon die Fahrt von Stockholm nach Motala war ihm wie Homers Odyssee vorgekommen und er ärgerte sich, die billigste Kutsche genommen zu haben. Aber das Geld war knapp.
Noch in Stockholm war in einer besonders holprigen und finsteren Gasse ein Rad gebrochen. Dann mussten sie Umwege fahren, weil viele Landstraßen wegen tagelangen Regens unpassierbar waren. Und nach einer Pause in Norrköping war der Kutscher angetrunken vom Bock gefallen. Auch ans Lesen war nicht zu denken gewesen: Das ständige Schütteln des Wagens hatte dazu geführt, dass ihm abwechselnd der Mann zu seiner rechten auf den Schoß kippte oder der Kerl gegenüber auf seine Knie.
Malmström hatte Blut und Wasser geschwitzt, ob sein Gemälde die Fahrt unbeschadet überstehen würde. Er fragte sich, ob es sich wirklich lohnte, die Strapazen auf sich zu nehmen, im nächsten Monat nach Deutschland zu reisen. Was für ein Irrsinn, wenn ihn schon eine lächerlich kurze Fahrt in Schweden an den Rand der Verzweiflung trieb. Andererseits war die Möglichkeit, an der Kunstakademie in Düsseldorf zu lernen, zu verlockend, um sie auszuschlagen. Bestimmt waren die Hauptverkehrschausseen, gerade in Preußen, in besserem Zustand.

Malmström dachte an den Tag in der vorherigen Woche, als er von der Königlichen Kunsthochschule nach Hause spaziert war. Unerhörtes war lautbar geworden: man überlegte, Frauen an der Akademie zuzulassen. Er war sich nicht sicher, ob das wirklich eine gute Idee war oder eben der Lauf der Zeit. Frauen durften mittlerweile auch erben oder Handel treiben. Tief in Gedanken versunken, war er unvermittelt von einem jungen Burschen angesprochen worden, den er bald als ehemaligen Mitschüler erkannte. Håkan Svensson hatte sich früher als ständiger Störenfried hervorgetan. Malmström konnte sich gut an viele Streiche, besonders auf Kosten seiner liebsten Lehrerin, Frau Mörner, erinnern. Damals trug Håkan immer eine braune Kappe, eine braune Weste über einem hellen Hemd und war barfuß herumgelaufen. Jetzt hatte er Malmström jedoch mit kräftigem Backenbart, in

Sackmantel und modischer Hose mit großem Karomuster gegenübergestanden, in der Hand einen Gehstock und Zylinder. Malmström war sich mit seinem dunklen Anzug und dem Schnurrbart plötzlich sehr unmodern vorgekommen.

Er hatte Håkan nie wirklich gemocht und Malmström wäre gern weitergegangen, aber sein ehemaliger Mitschüler hatte ihn in eine Taverne gezogen und da Håkan Geld zu haben schien und er noch nichts gegessen hatte, willigte Malmström ein.

Während er sich an Blutwurst und Brot gütlich getan hatte, trank Håkan mehrere Krüge Bier. Dabei hatte er ausschweifend von seiner Wohnung in Norrmalm geprahlt und erzählt, dass er bei einer Gesellschaft arbeitete, die den Bau von Eisenbahnstrecken in Schweden planen sollte. Malmström war sich nicht sicher gewesen, ob das stimmte, und an ein Eisenbahnnetz konnte er nur schwerlich glauben, auch wenn er von einer Schienenbahn in Värmland gelesen hatte, die von Pferden gezogen wurde.

Malmström hatte mit dem letzten Stück Brot einen Rest Soße vom Teller gewischt, herzhaft gerülpst und sich nach dem letzten Bissen gemütlich gesättigt zurückgelehnt. Es war doch gut gewesen, Håkan getroffen zu haben, hatte er gedacht. Und da dieser hauptsächlich mit Bier und Angeberei beschäftigt gewesen war, hatte Malmström nur gelegentlich nicken und hier und da „wirklich" oder „formidabel" einwerfen müssen und ansonsten das kostenlose Essen genießen können.

Dann hatte ihm Håkan auf den Rücken geschlagen und gefragt, warum er nicht zur Beerdigung seiner Mutter gekommen sei. Das halbe Dorf wäre dort gewesen.

Von Motala nach Nubbekullen ging Malmström zu Fuß, zumindest zunächst. Wieder hätte er fast geflucht, denn das Bild war zu groß für seinen Rucksack und so musste er es in der Hand halten. Dann aber hatte er das erste Mal Glück an diesem Tag: Ein alter Bauer, den er von früher kannte, kam gerade vom Markt in Motala und nahm ihn auf seinem Fuhrwerk bis Nubbekullen mit.

„Gute Besserung an Anders," hatte der Alte zum Abschied gerufen und ehe Malmström etwas hätte fragen können, war der Wagen schon losgeklappert. Fünf Minuten später saß er am Bett seines Vaters, den er kaum wiedererkannt hatte.

Der früher so starke Mann war sichtlich abgemagert, gezeichnet von schwerer Krankheit, aber immer noch mit einem Funkeln in den Augen, als er seinen Sohn zu seinen Erlebnissen im fernen Stockholm befragte. August erzählte von der Kunstakademie, von der riesigen Stadt und dass er demnächst nach Düsseldorf im fernen Preußen reisen würde, um dort zu studieren.

„Deine Mutter wäre so glücklich gewesen, wenn sie das noch erlebt hätte", sagte Anders.

„Warum habt ihr mir nicht geschrieben?" fragte August, „ich wäre doch gekommen."

„Es war ihr Wunsch. Dein Bruder Israel wollte dir schreiben, aber Brita Stina hatte es verboten. Du kanntest sie doch: Wenn sie sich etwas in den Kopf gesetzt hatte …"

August nickte. Schließlich war es auch ihrer Beharrlichkeit zu verdanken, dass er Kunstmaler geworden war.

„Sie wusste, dass du wenig Geld hast, und sie wollte dich nicht in deiner Ausbildung stören."

„Aber für die Beerdigung … dafür hätte ich es schon aufgetrieben." Anders fasste nach Augusts Arm. Die Hand war blass, der Griff schwach.

„Das weiß ich doch. Du bist ein guter Junge."

Dann hatte August das Bild hervorgeholt.

Eine Kutsche, die in der Ferne ihre Reise fortsetzte, ein Haus. Und Kinder, die um Münzen kämpften.

Das Thema hatte ihn nicht losgelassen und er unzählige Skizzen und Zeichnungen angefertigt, so dass er meinte, das Bild im Schlaf zeichnen zu können. Malmström hatte große Enttäuschung verspürt, als sein Professor gesagt hatte, dass es zwar handwerklich gelungen sei, aber niemand solche Bilder haben wolle und er für eine Prüfung etwas anderes einreichen müsse. Das hatte er dann auch erfolgreich getan, aber er wusste, dass dieses Bild etwas Besonderes war. Für seinen Vater. Und für ihn selbst.

August wollte es über dem Sofa in der guten Stube aufhängen, auch wenn der Rahmen etwas schäbig wirkte. Einen Teuren hatte er sich leider nicht leisten können, aber gehofft, sein Vater würde, als Zimmermann, einen für das Gemälde Würdigen fertigen.

„Das ist wunderschön," flüsterte Anders, „aber bitte stelle es auf den Stuhl, damit ich es aus dem Bett sehen kann. Wie heißt es?"

August zuckte mit den Schultern.

„Dann nenne ich es Grindslanten," meinte sein Vater und schlief glücklich ein.

Der Ronnebyån führte reichlich Wasser. Seit seinem letzten Besuch in der Stadt anlässlich einer Ausstellung im Kulturzentrum, hatte sich einiges verändert. Die Scheiben des Stadshuset waren repariert worden. Auch hier gab es Vandalismus, hatte er damals desillusioniert gedacht. Am Fluss hatte man eine Art Promenade aus Holz mit gemütlich aussehenden Sitzbänken gebaut. Häuser am Marktplatz leuchteten frisch gestrichen und er war sich nicht sicher, ob oben, auf dem Wasserturm, schon früher ein Pferd gestanden hatte.

„Wie bist du auf dieses Café gekommen?" fragte Filip zweifelnd, als Hanna den Suzuki neben einem Feuerwehrwagen abstellte. Die Lage erinnerte ihn an die Villa Utsikten in Karlshamn, eingequetscht zwischen Gewerbeschule und Meer. Vorne hui, hinten pfui.
Das Café Mandeltårtan, eine weiß getünchte Villa, lag zwar zu einer Seite über einer sanft zum Fluss abfallenden Wiese, gegenüber dem historischen Brunnspark, auf der Rückseite jedoch befand sich, ganz wie bei der Villa Utsikten, ein hässlicher Neubaukomplex, hier mit Kindergarten und Büros.
Hanna lächelte.
„Die Kronprinzessin speist gelegentlich im Café," erwiderte sie.
Über eine lange steinerne Treppe gelangten sie auf einen gekiesten Hof zwischen der Villa und einem roten Holzbau, der scheinbar, dem Duft nach zu schließen, eine Bäckerei beherbergte.
Sie waren etwas zu früh, das Café hatte noch nicht geöffnet. Hanna schlug einen Spaziergang zum Park vor. Durch liebevoll renovierte Holzhäuser, vorbei an einem geschlossenen Naturum, den Filip sich gern angesehen hätte, kamen sie auf eine große Wiese. Bei Sonnenschein konnte man hier sicher eine schöne Zeit mit Picknick und Spielen verbringen, dachte er. Jetzt waren nur ein paar Menschen mit ihren Hunden unterwegs und drei bunt gekleidete Jogger.
„Es gibt auch einen Wasserfall," sagte Hanna und führte ihn zu einem kleinen Teich.
Tatsächlich fiel Wasser von einer Klippe, aber es war eher ein Rinnsal, als ein echter Wasserfall, fand Filip.
„Am Wochenende ist hier meistens ein Flohmarkt," erklärte Hanna.

„Bestimmt voller Grindslantens."

Sie betraten das Café und standen in einer hellen Veranda. In tiefen Sofas saßen Gäste an flachen Tischen, vor sich Kaffee und Frühstück oder Kuchenstücke.
„Das ist ja mal schön hier," entfuhr es Filip, als sie den Raum mit dem Verkaufstresen betraten. Es gab viele lecker aussehende Torten und Teller mit unterschiedlich belegten Broten. Er zeigte grinsend auf ein Blech mit wundervoll duftenden Kanelbullar.
Die Einrichtung wirkte wie ein etwas altbackenes, aber gemütliches Wohnzimmer, aufgepeppt mit trendigen kleinen Details. An den auffällig tapezierten Wänden hingen unterschiedlichste Gemälde und Fotos und von den stuckverzierten Decken Lampen aller Art; vom Kronleuchter bis zur Papiertüte.
Filip fühlte sich sofort wohl. Besonders gefiel ihm ein ganzer Raum nur für Kinder. Er vermittelte das Gefühl, dass hier der Gast im Vordergrund stand und nicht die Gewinnmaximierung, denn dort hätte man sicher weitere drei Tische aufstellen können. Allerdings waren die Preise, wie er auf einer Karte an der Wand sehen konnte, recht ordentlich.
Als ahnte Hanna seine Gedanken, meinte sie:
„Es ist alles sein Geld wert."

Sie bestellten sich Milchkaffee, den ein freundliches junges Mädchen an einer edel aussehenden italienischen Espressomaschine zubereitete. Dazu nahm Hanna ein belegtes Brötchen und Filip ein Brot mit Schinken und Roter Bete, das wie ein Kunstwerk aussah. Sie setzten sich in einem hellen Raum an ein Fenster. An einer langen Tafel im Nebenzimmer saß eine große Gruppe von Feuerwehrleuten. Auf dem Tisch brannte eine Kerze.
„Lecker," meinte Filip kauend, „so lässt es sich aushalten. Ich frage mich, warum das schwedische Durchschnittslokal immer noch aus Resopaltischen und Stahlrohrstühlen besteht und der Kaffee in alten Kaffeekannen vor sich hin köchelt."
„Weil wir es lieben?" antwortet Hanna.
Filip beschrieb eine weite Geste.
„Aber das hier ja scheinbar auch."
Sie nahm einen Schluck Milchkaffee, der einen weißen Bart um ihren Mund bildete.

„Auf dem Markt stehen die Leute beim deutschen Schlachter Schlange," meinte sie dann, „aber im Supermarkt gibt es trotzdem nur mehlige Würstchen."

Sie zuckte mit den Schultern.

„Verstehe jemand die Schweden."

„So langsam müsste die Sekretärin von Nordensvan mal kommen," meinte Filip mit Blick auf seine Armbanduhr, als ein Mann Mitte Dreißig an den Tisch trat. Seine Stimme war sanft und relativ hoch.

„Hanna? Hanna Helin?" fragte er.

Filip sah ein Aufblitzen in ihren Augen, als sie nickte und auf einen freien Platz zeigte.

„Sie haben eine Frau erwartet", stellte er fest. „Das passiert mir öfter."

Filip musterte den Mann von der Seite. Boots, Karo-Hemd, lässige Hose. Natürlich Drei-Tage-Bart. Am rechten Handgelenk trug er eine auffällige Uhr mit Lederarmband. Vor der Tür stand sicher ein Land Rover. Er wirkte in Filips Augen nicht wie jemand, der im Kunsthandel beschäftigt war.

Außerdem roch er nach Rauch. Ein Marlboro-Mann, ging es Filip spontan durch den Kopf.

„Ja. Nein," stotterte Hanna.

Mund zu, dachte Filip.

Der Mann stellte sich als Gustav vor. Gustav von Segebaden.

Natürlich, dachte Filip.

„Ein toller Name," meinte Hanna.

„Cappuccino."

Trotz allem musste Filip sich eingestehen, dass ihm der Kerl nicht unsympathisch war. Nordensvan hatte Gustav eingestellt, weil beide über drei Ecken verwandt waren und der alte Kunsthändler kurzzeitig eine rechte Hand benötigte, bis seine Sekretärin aus dem Mutterschutz zurück wäre. Gustav wiederum wartete auf einen Studienplatz und konnte etwas Geld gebrauchen.

„Win-Win," meinte er lächelnd.

„Was willst du studieren?" fragte Hanna.

„Kunstgeschichte."

„Oh, wie toll, das ist sicher interessant."

„Nicht so spannend wie Journalistik," erwiderte Gustav.

Filip rollte mit den Augen.

„Wie war das jetzt mit dem Tod deines … Verwandten, also Nordensvans?“ fragte er in eine kurze Stille.

Gustav sah aus dem Fenster, ehe er berichtete, wie er den Toten im Büro gefunden hatte.

„Du Ärmster,“ meinte Hanna, „das war sicher ein Schock.“

„Ja, total. Ich hatte vorher noch nie jemand gesehen, der gestorben war.“

Die Feuerwehrleute im Nachbarraum lachten, als hätte Gustav einen Witz erzählt. Worüber sie sich wirklich amüsierten, konnte Filip nicht verstehen.

„Hast du die Verletzungen an ihm gesehen?“ fragte Hanna.

„Ihr wisst davon?“

„Ich habe eine gute Freundin bei der Polizei,“ erwiderte Hanna zu Filips Verwunderung.

Ihm erzählte sie immer was vom Quellenschutz, wenn er fragte.

„Sein kleiner Finger war unnatürlich abgespreizt.“

Gustav machte eine Geste wie jemand, der affektiert aus einer Kaffeetasse trank, ehe er fortfuhr:

„Ich hatte aber vor allem den Eindruck, dass der Laden durchsucht worden war.“

„Echt?“ fragten Filip und Hanna im Chor.

Das hatte nicht im Polizeibericht gestanden.

„Ja, ich habe das auch den Beamten gesagt, aber es interessierte sie wohl nicht.“

„Fehlte was?“

„So weit ich sehen konnte, nein.“

„Hattet ihr Bilder von August Malmström im Laden? Grindslanten?“

Gustav lächelte erstaunt.

„Tatsächlich hatten wir eine Erbschaft zum Verkauf. Der Erblasser hatte einen Spleen, denn es gab jede Menge Drucke von dem Bild. In meinen Augen übrigens ein schrecklicher Schinken. Das echte war da natürlich nicht dabei. Das Original hängt ja im Museum.“

Wer weiß, dachte Filip und sah zu Hanna, die zu Gustav blickte.

„Wie hieß der Verstorbene?“ fragte Hanna.

Gustav schien eine Weile zu überlegen, ehe er antwortete: „Benedikt av Berg. Verarmter Adel.“

„Waren die Gemälde aus dem Nachlass hier im Laden?“

Der junge Mann schüttelte den Kopf.

„Ein paar, die Mikael gern anschaute, ehe sie verkauft wurden. Er hat Kunst geliebt."

Gustav zögerte kurz.

Jemand ging am Fenster vorbei und schaute in den Laden, die Hand über den Augen, um besser sehen zu können.

„Es gibt da noch ein Lager, aber zu dem habe ich keinen Schlüssel. Ich habe die Gemälde nie gesehen. Ich habe ja nur manchmal ausgeholfen."

„Wer hat den Schlüssel?" fragte Hanna.

„Keine Ahnung."

Die Gestalt am Fenster drehte sich um und ging.

Der Kunsthandel Mikael Nordensvan hatte seine Geschäftsräume in einer kleinen Villa im Bergslagen Quartier in einer Gasse mit altem Kopfsteinpflaster. Das Haus war rosa gestrichen und hatte eine blaue Tür. Sie waren hinter Gustav hergefahren, der keinen Land Rover, sondern einen Saab 96 fuhr. Ein schöner Wagen, fand Filip, auch wenn die Abgase zum Himmel stanken.

Gustav kramte einen Schlüsselbund aus der Hosentasche und öffnete. Ein Schwall abgestandener Luft kam ihnen entgegen. Sie kamen in einen Raum, der hell und freundlich wirkte und eher zu einem jüngeren Mann passte, als zu dem alten Kunsthändler, dachte Filip. An den Wänden hingen Gemälde unterschiedlichster Stile und Epochen, soweit er das beurteilen konnte. In den Fenstern standen Vasen mit Blumen, die ihre Köpfe hängen ließen. An einer anderen Wand sah Filip bis zur Decke edel aussehende alte Bücher und Bildbände. Auf einem großen Schreibtisch aus Mahagoni stand ein Laptop, daneben lag ein Schreibblock mit einem teuren Kugelschreiber darauf.

„Der Schreibtisch ist ja minimalistisch," stellte Hanna fest.

Gustav nickte.

„Mikael hatte es gern ordentlich."

Hanna strich über die Lehne eines der Stühle vor dem Schreibtisch.

„Wishbone-Stühle?"

„Ich bin beeindruckt," stellte Gustav fest, „1962."

Filip hatte von dieser Stuhlmarke noch nie gehört. Seine Einrichtung bestand allerdings auch hauptsächlich aus Einzelstücken der IKEA-Fundgrube.

„Sind das alles Originale?" fragte er und zeigte auf die Gemälde.

Gustav schüttelte den Kopf, sagte aber: „Ein paar aber schon."

Er wies auf die Skizze eines liegenden Frauenaktes. „Das ist zum Beispiel ein Laserstein. Aber manches sind auch sehr gute Drucke."

Er bemerkte Filips fragenden Blick.

„Lotte Laserstein war eine deutsche Malerin. Ihre Mutter war Jüdin und deshalb hatte sie in Nazi-Deutschland quasi Berufsverbot. 1937 emigrierte sie nach Schweden und ist erst Anfang der neunziger Jahre in Kalmar gestorben," dozierte Gustav, als würde er aus Wikipedia vortragen. Filip kam sich plötzlich ungebildet vor.

„Du kennst dich aus," meinte Hanna bewundernd.

Gustav strahlte sie an.

„Falls es wirklich ein Überfall war," meinte Filip, „was haben die oder der Täter …"

„Oder die Täterin!" unterbrach ihn Hanna.

„Oder die Täterin," wiederholte Filip. Auch im Verbrechermilieu sollte die Gleichberechtigung gelten. „Was also haben die gesucht. Denn gefunden scheinen sie es ja nicht zu haben. Du sagtest ja, es fehlt nichts."

Gustav nickte.

„Hatte dein Boss Geld? Eine Uhr?"

Gustav öffnete eine Schublade. Darin lag ein Portemonnaie. Er fuhr mit dem Finger durch eine große Anzahl Geldscheine. Filip sah auch eine Kreditkarte.

„Mikael war altmodisch. Lieber Bargeld statt Karte. Cash statt Überweisung. Größere Beträge sind im Tresor. Seine Armbanduhr trug er noch."

„Du hast nicht zufällig den Schlüssel?" fragte Hanna mit übertriebenem Augenaufschlag.

„Zufällig ja," säuselte Gustav und nahm den Akt von Lotte Laserstein von der Wand.

„Du bist der Beste," hauchte Hanna zurück.

„Du bist der Beste!" sagte Filip, während er aus dem Fenster auf vorbeirauschende Häuser sah. Links war ein Sportplatz und eine Skaterbahn, auf der Jugendliche ihre Kunststücke mit Skatebord oder Kickroller übten.

Hanna lächelte.

Sie bogen in die Rådhusgatan ein.

„Das war mal ein erfolgreicher Besuch," meinte sie und ließ eine alte Frau mit Hund über die Straße.

Filip musste dem leider zustimmen.

Im Tresor hatten sie nicht nur Bargeld entdeckt, sondern auch eine Aufstellung über die Gemälde, die sich in der Erbschaft befunden hatten, sowie eine Liste der Interessenten. Leider war Nordensvan nicht nur etwas pedantisch und moderner Technik wenig aufgeschlossen gewesen, sondern auch geheimtuerisch. Die Namen der möglichen Kunden waren zwar ausgeschrieben, die Bezeichnungen der Gemälde aber nur verklausuliert in Abkürzungen, die auch Gustav nicht zu deuten vermochte. Ihm hatte es nichts ausgemacht, als Filip ihn bat, die Aufstellung mit seinem Handy zu fotografieren. Eigentlich hätte Filip zurück nach Malmö fahren müssen, da er an den Texten für die Restaurant-Website arbeiten musste und morgen dort Fotos machen sollte. Aber die Liste machte ihn neugierig, denn der erste Name war gleich ein sehr bekannter gewesen: Joakim Strömblad, bekannt als Jocke.

Der Eigentümer von Trollets Loppis in Malmö.

Kurz darauf saßen sie an Hannas Couchtisch. Filip hatte das Foto der Liste ausgedruckt, während Hanna mit dem Kochen von Kaffee beschäftigt gewesen war.

„Um Geld ging es nicht."

„Wenn es einen Überfall gab," erwiderte Filip.

„Ich glaube Gustav. Warum sollte er das erfinden."

Ja, warum, dachte Filip. Weil ihn etwas an Gustav störte?

„Okay, nehmen wir an, es war so. Und nehmen wir an, der alte Nordensvan wurde geschlagen."

„Gefoltert," ergänzte Hanna, „denk an den Finger."

„Gut, nehmen wir an, es war so. Was hat die," er grinste leicht über seine Kaffeetasse, „Tatperson gesucht? Geld und Wertgegenstände waren es nicht."

„Information!"

Nordensvan hatte nicht viel von moderner Technik gehalten und sich lieber auf seinen Kopf verlassen.

Womöglich war der Laptop nur als Staffage auf dem Schreibtisch positioniert worden, vermutete Filip.

„Ich frage mich, ob da immer alles über die Bücher gelaufen ist," gab er den Buchhalter.

„Ganz sicher," zwinkerte Hanna zurück.

Die nächste halbe Stunde sahen sie die Adressen der Interessenten durch. Neben Jocke fanden sich darauf weitere bekannte Namen wie Petar Stoijanovic und Stina Persson, die sie nach etwas Recherche im Internet als die Frau identifizierten, bei der Hanna und Filip in der behaglichen Küche gesessen hatten.

„Das kann kein Zufall sein," stellte Hanna fest. „Du weißt, was kommt?"

Filip nickte. „Ich tanke dann schon mal den Wagen auf," antwortete er, „aber nicht mehr heute. Ich muss auch mal Geld verdienen."

Hanna lächelte.

„In meiner Redaktion wird auch schon gelästert, weil ich nie da bin."

Sie stand auf und klatschte in die Hände.

„Gut, dann übermorgen? Große Loppis-Tour?"

Filip konnte es kaum abwarten.

Der Himmel leuchtete strahlend blau. Als unternahm der Sommer ein letztes Aufbäumen, um den unvermeidlichen Herbst mit seinem Nebel und Regen abzuwehren. Filip hatte Hanna gegen 9 Uhr abgeholt und dann waren sie über die leere E22 nach Karlskrona gefahren. Er hatte schlecht geschlafen. Gedanken hatten ihn die halbe Nacht wachgehalten.

Nicht alle Namen auf der Liste waren Trödler und gleich der erste Besuch führte sie in eine feine Villengegend mit gepflegten Grundstücken zum Meer hin. Filip hatte gefragt, ob es nicht besser wäre, sich telefonisch anzukündigen, aber sie hatte gemeint, dass man am Telefon leichter abgewimmelt werden würde. Filip hatte Sorge, so manche Strecke unnötig zu fahren, weil niemand zu Hause sei.

Die Tür zur kleinen Villa wurde so schnell geöffnet, als ob der Hausherr auf sie gewartet hatte. Bengt Nyberg war ein kleiner grauhaariger Mann mit Schnauzer. Neben ihm hockte ein Hund, der die These zu beweisen schien, dass sich Haustiere und Herrchen über die Jahre angleichen. Hanna stellte sich und Filip vor und fragte Bengt Nyberg nach kurzem Smalltalk über das Wetter, ob er kürzlich beim Kunsthandel Nordensvan Gemälde gekauft habe. Zu ihrer Überraschung fragte der Mann nicht nach dem Grund ihrer Frage, sondern bat sie und Filip strahlend ins Haus.
Sie zogen die Schuhe aus und folgten ihm in das Wohnzimmer.
„Hier," sagte er und zeigte stolz auf eine Zeichnung an einer Wand zwischen zwei Fenstern zur Ostsee, „ein früher Larsson."
„Sehr schön," meinte Hanna, „haben sie zufällig noch etwas anderes gekauft? Etwas von Malmström?"
Der Mann lachte laut auf und schüttelte den Kopf.
„Etwa einen der grässlichen Grindslanten-Drucke? So etwas kommt mir nicht ins Haus."
„Wurde bei ihnen kürzlich eingebrochen?" fragte Filip.
„Aber nein," kam es zurück, obwohl …"
„Ja?"
„Wenn ich so darüber nachdenke. Vor ein paar Tagen hat der kleine Larsson hier," er beugte sich zu seinem Hund und knuddelte ihn mit

beiden Händen, "ja, du bist der Beste, ... jedenfalls hat er in der Nacht gebellt und geknurrt und am Morgen waren Blumen im Beet abgeknickt."

„Sie haben also nicht die Polizei informiert?"

„Die Polizei? Warum denn?"

Als sie zum Auto gingen, sah ihnen Bengt Nyberg aus dem Küchenfenster nach. Filip konnte seinen Blick nicht deuten. Vielleicht war es Enttäuschung, dass sie den angebotenen Tee nicht angenommen hatten.

Als der Saab endlich, nach fünf Versuchen und drei Flüchen, angesprungen war und sie zu ihrer nächsten Adresse fuhren, meinte Filip: „Der war ja mal vertrauensselig."

„Aber auch schön, dass es solche Menschen heute noch gibt," erwiderte Hanna und fügte hinzu: „Bitte lasse dein Auto reparieren. Oder wir nehmen meinen."

„Die Reisschüssel? – Niemals!" erwiderte Filip und musste an Rune Runsten denken.

Eine Viertelstunde später fuhren sie auf den Hof eines großen Antikhandels in Rödeby, einem Dorf nördlich von Karlskrona. Vor dem Haus standen Unmengen Blumentöpfe, Tassen und Becher, dem Zustand nach zu urteilen bei Wind und Wetter. An den Wänden lehnten Fensterscheiben und Türen in allen Formen, Farben und Aggregatzuständen.

Wer kauft das, fragte sich Filip, diesen Schrott. Er mochte es, wenn Trödel hübsch und sortiert präsentiert wurde.

Im Verkaufsraum glänzte ein alter amerikanischer Pickup, umgeben von Lampen, Möbeln, Dosen, Radkappen, Golfschlägern und Plattenspielern. Alles durcheinander. Nichts, was es nicht gab.

Auf dem Parkplatz standen mehrere Autos und eine Frau und zwei Männer luden gerade Möbel in einen VW-Bus mit deutschem Nummernschild. Stühle, Tische, eine Kommode. Stehlampen. Unzählige Kartons.

„Das bekommen die da nie rein," meinte Filip, „wetten?"

Die drei kamen ihm vage bekannt vor.

In einem hinteren Winkel des Trödelladens, neben einem Kaminofen, fanden sie den Eigentümer, einen bärtigen Mann mit Halbglatze und einer Halbbrille auf der Nase.

„Dieter Fischer?“ fragte Hanna.
Dann stellte sie sich und Filip vor und fragte, ob er kürzlich Bilder von Nordensvan gekauft hätte.
„Warum willst du das wissen?“ fragte er misstrauisch und ignorierte Filip. Er war eindeutig Deutscher, auch wenn sein Schwedisch ausgezeichnet klang.
„Ich schreibe einen Artikel über ihn für die Carlshamn Allehanda,“ meinte sie, so nah wie möglich an der Wahrheit.
„Kenne ich nicht.“
Sie gab ihm eine Visitenkarte, die er ungelesen in seine Brusttasche steckte.
„Eigentlich geht es niemanden etwas an, woher ich meine Ware bekomme,“ sagte er dann.
„Keine Sorge. Wir wollen nicht ins Trödelgeschäft einsteigen,“ meinte Filip.
„Antik!“ verbesserte Dieter.
„Entschuldigung. Antik. Es geht uns nur darum, ob du kürzlich Bilder von ihm gekauft hast. Aus einem Nachlass. Und ob Grindslantens unter den Gemälden waren.“
Dieter musterte Hanna eine Weile, ehe er sagte: „So genau weiß ich es nicht mehr. Ich habe ihm einen ganzen Stapel Drucke abgenommen.“ Er nahm kurz die Brille ab. Er hatte dunkle rote Flecken von den Nasenblättchen.
„Doch, da waren auch welche vom alten Malmström drunter,“ meinte er schließlich und legte einen Scheit Brennholz in den Ofen.
„Wie viele?“
„Drei oder vier?“
„Du hast wohl keine Rechnung!“
Filip formulierte es als Feststellung. Es gab auch keine Antwort.
„Wurde bei dir kürzlich eingebrochen?“ fragte Hanna.
„Passiert immer mal wieder,“ nickte Dieter, „es wurde aber nichts geklaut, denke ich. Nur ein Fenster war aufgehebelt. Arschlöcher.“
„Denkst du?“
Der Händler zweigte mit einer großen Geste umher und zuckte mit den Achseln. Dann klingelte Dieter Fischers Telefon. Es schien um einen Nachlass zu gehen, der ihm angeboten wurde. Als würde er eine lästige Fliege verscheuchen, schickte er Hanna und Filip ins

obere Stockwerk. Wenn noch Bilder da wären, dann dort oben. So genau hätte er das nicht im Blick.

Das konnte sich Filip eigentlich nicht vorstellen.

Über eine Rampe voller Uhren, gehäkelten Wandbehangen und Geweihen, betraten sie das Obergeschoss, in dem es erstaunlich kalt war. Hanna zitterte.

Alles, was sie zwischen hunderten von Gemälden und Drucken fanden, war eine gestickte Version von Grindslanten. Als sie wieder draußen auf dem Hof standen, war der VW-Bus mit den Deutschen weg. Kein Möbelstück stand mehr herum.

„Wette verloren. Was bekomme ich? fragte Hanna.

„Eine Erkältung," gab Filip zurück und nießte.

An der nächsten Adresse in Eringsboda hatten sie kein Glück. Eine Frau Enoksen, die dort in einem kleinen Soldatentorp lebte, war nicht zu Hause. Ihr Nachbar, der Filip unwillkürlich an seine Nachbarin in Åkeholm denken ließ, berichtete ihnen, dass die gute Matilde nach ihrem Beinbruch so schlecht zu Fuß wäre und nun doch endlich zu ihren Enkelkindern nach Kalmar gefahren war, obwohl ihr Ex-Mann, der Rüpel, ja zu Ragnar, dem Bruder von Pelle, vom Hof am Ortseingang gegenüber der Schule, wo ihre Schwester Lehrerin gewesen sei, gesagt habe …

„Wissen sie, ob bei Frau Enoksen kürzlich eingebrochen worden ist", unterbrach Hanna den Redeschwall.

„Eingebrochen? In unserem Dorf? Aber nein. Das wüsste ich."

Das glaubte Filip sofort.

„Aber in Emmaboda, bei dem Schwager meines Freundes Oscar, als der in Malaga, oder war es Biarritz, egal, der Schwager hatte jedenfalls, also eher sein Sohn, der in der Schule, genau …"

Hanna und Filip suchten das Weite, ehe sie erfuhren, wessen Sohn genau was wo passiert war.

Als sie gerade kurz vor Hallabro in einen Forstweg eingebogen waren, weil Hanna auf Toilette musste, klingelte ihr Telefon. Filip hörte noch, wie sie fröhlich „ach, das ist ja eine Überraschung" sagte und an einem hohen Holzstapel vorbei langsam dem Weg in den Fichtenwald folgte. Es roch nach frisch geschlagenem Holz. Auf dem Boden lagen ein paar Bierdosen. Während Filip auf Hanna wartete, versuchte er, die Jahresringe eines der dicksten Bäume zu zählen. Er kam auf ungefähr sechzig Jahre und hoffte, der Baum würde ein schönes Brett für ein Möbelstück und nicht zu Papier oder Energie werden.

„Das war schlau,“ meinte Hanna, nachdem sie wieder eingestiegen war.

Filip hatte den Motor laufen gelassen.

„So langsam nervt es wirklich, dass der Wagen nicht anspringt.“

Ein Holzlaster donnerte vorbei.

„Wer war das?“ konnte sich Filip nach einer Weile nicht zurückhalten. Er hatte so eine Ahnung.

„Der Marlboro-Mann?“

Hanna blickte aus dem Fenster. Fichten, hier und da Kiefern, Felsen, Mauern. Die Landschaft Blekinges flog an ihnen vorbei.

„Indiana Jones,“ konterte sie mit einem Lächeln.

Ihre singende Betonung versetzte Filip einen Stich.

Auch in Hallabro hatten sie wenig Glück. Peter Wilsund war zwar zuhause, aber auch sein Bullterrier, der die Worte seines Herrchens mit einem Knurren untermalte. Sie standen an der Gartenpforte eines Hofes, der den Flodders aus Holland alle Ehre gemacht hätte. Autowracks, Kinderspielzeug, Metallschrott, ein Bootswrack.

Hanna schaffte es kaum, sich und Filip vorzustellen.

„Verpisst euch.“

Hanna und Filip verpissten sich lieber.

„Erstaunlich, wer alles in Kunst investiert,“ meinte Filip zurück im sicheren Auto.

Hanna lachte. „Oder er ist einer dieser Schweden-Nationalen, der Malmströms und andere Maler unserer stolzen Nation sammelt, weil die für das wahre Schweden stehen.“

„Opfer oder Täter? Dem traue ich sowohl Einbruch als auch Folter zu“, sagte Filip.

Hanna nickte.

„Die armen Kinder.“ Filip dachte an die Plastiksandkiste, Bobby Cars und kaputte Hüpfbälle im Garten.

„Wahrscheinlich war das Spielzeug für den Hund“, meinte Hanna, „und die Kinder sind eingesperrt.“

„Müssten wir nicht zur Polizei?“ Filip überholte gerade einen Tanklaster von Q8.

„Aber nicht augenblicklich und nicht tot." Hanna krallte sich an der Innenverkleidung des Saabs fest.

„Wir haben doch nichts Konkretes," fuhr sie fort, nachdem Filip kurz vor einer Kuppe wieder auf die richtige Fahrspur eingeschwenkt war. „Gustav haben sie auch nicht geglaubt."

„Ich frage mich immer noch, ob es den ganzen Aufwand wert ist. Verstehe mich nicht falsch, es macht auch Spaß, aber das alles für eine Geschichte in der Zeitung?"

„Geschichte?" Hanna wirkte fast beleidigt. „Klar, wir sind nicht Dagens Nyheter. Alles ist eine Nummer kleiner. Doch wenn ich es gut mache ..."

„Ist es deine Chance. Ich weiß. Tut mir leid."

„Schon gut. - Wollen wir was essen?" meinte sie kurz vor Tingsryd. Filip nickte zustimmend.

„Sehr gern. Kebap?"

„Nach dem Café Mandeltårtan in eine Pizzeria? Bitte nicht. Ich kenne da ein besonderes Restaurant in Asarum."

Kurz darauf passierten sie das Schild eines deutschen Bäckers.

„Noch so ein Beispiel wie die Würstchen oder Resopal-Cafés. Deutsches Brot. Ohne Zucker und voller Körner," meinte Filip.

„Stimmt," erwiderte Hanna und sah ihn etwas herausfordernd, was Filip verwirrte, „gesund und lecker."

Das Wetter hatte sich verschlechtert. Dunkle Wolken waren aufgezogen. Der See Tiken wirkte kalt und ungemütlich, obwohl vereinzelt die Sonne durch die graue Decke stieß. Zwei Boote mit Anglern schaukelten auf dem Wasser. Ein paar Möwen warteten auf schnelle Beute.

„Da haben die einen feinen Ort am See und was machen sie daraus? Nichts. Eine Straße statt einer schönen Promenade," bemerkte Hanna, ehe sie links abbogen und dann gleich wieder rechts auf den Hof des Lions Loppis.

Der Parkplatz vor einer großen roten Scheune war leer.

Filip zeigte auf ein Schild, das die Öffnungszeiten auf Samstagvormittag beschränkte.

Filip gähnte herzhaft und meinte: „Feierabend."

Er wollte schon drehen, als Hanna auf eine Seitentür zeigte, die offen zu sein schien.

„Da ist jemand drin, glaube ich."

Hanna stieg aus, klopfte einmal an die angelehnte Tür und verschwand im Haus. Als sie nicht wieder herauskam, stieg auch Filip aus. Als er gerade die Tür öffnen wollte, kam ihm ein freundlich dreinblickender Mann Ende zwanzig mit Häkelmütze und Wollpullover entgegen, hinter ihm Hanna und ein älterer Herr im Lions-Club-Polohemd.

„Das sind Staffan und sein Großvater Rikard Rydén." Sie zeigte auf Filip: „Filip Lundin."

Sie nickten sich zu.

„Die beiden sortieren hier gerade Spenden." Hanna zeigte auf den Raum und fuhr fort: „Rikard hat mir gerade erzählt, dass sie immer mal wieder von Nordensvan Bilder, zumeist für ihn als Kunsthändler unverkäufliche Drucke, bekommen haben. Sie kannten sich seit der Schulzeit."

„Das ist traurig, was mit Mikael passiert ist", seufzte Rikard, „sehr traurig."

„Du glaubst auch, es war ein Überfall?"

„Gustav hat es mir so erzählt."

„Ist er vertrauenswürdig?" fragte Filip und erntete einen Blick von Hanna.

„Warum nicht?" fragte Rikard verwundert, „sie sind – waren – doch verwandt."

„Na Opa, das hat ja nun auch nicht immer was zu sagen," mischte sich nun auch Staffan in das Gespräch ein und wandte sich zu Filip: „aber Gustav ist wirklich ein ganz Lieber."

Filip rollte mit den Augen. Hanna grinste.

„Du kennst ihn auch?" fragte er.

„Klar, von früher. Und er hat auch die Lieferung gebracht."

„Ach!" meinten Hanna und Filip aus einem Munde.

„Der liebe Gustav," meinte Filip und schaufelte sich eine weitere Portion Kartoffelgratin auf einen geblümten Teller.

„Ich habe es ja verstanden," schmunzelte Hanna und legte eingelegte Auberginen zu einem Tofu-Bratling."

„Es gibt sicher eine ganz banale Erklärung. Er wird es vergessen haben."

Filip sah sich um, ob ihn von dem Buffet noch etwas reizte, ehe er eine weitere Portion Gratin auf den Teller tat und ein gekochtes Ei dazu legte. Der Raum war niedrig, drei lange Anrichten waren vollgestellt mit Schüsseln, Tellern und Warmhalteplatten mit Töpfen. An den Wänden hingen Gemälde in unterschiedlichen Größen und Stilen.

Die alten Holzdielen knarrten, als sie zu einem Tisch am Fenster des kleinen Restaurants gingen. Die Einrichtung erinnerte ihn an das Häuschen seiner Oma und so passt auch der Name: Mormors Bakeri. Der große Unterscheid zum Essen bei seiner Oma jedoch war: Sie hatte Fleisch geliebt, besonders das selbst geschossene Wild. Und Filip tat dies ebenso. Mormors Bakeri dagegen war ein vegetarisches Restaurant.

„Nun guck nicht so," meinte Hanna und schob die Kerze auf der gestickten Tischdenke zur Seite, „immerhin gibt es Eier."

„Die Einrichtung ist wirklich schön", meinte Filip, "und dass die draußen kochen ist der Hammer."

„Finde ich auch," sagte Hanna.

„Vielleicht hätte ich dich vorwarnen sollen."

Sie pikste ein Stück Bratling auf die Gabel. „Probiere mal."

Filip beugte sich über den Tisch und nahm den Bissen.

Er roch Rosmarin und Hanna.

Es schmeckte gar nicht so schlecht.

Zum Nachtisch gab es Kaffee aus einer trüben Kaffeekanne und Pfannkuchen, die sie zu Filips Verwunderung, selbst in einer Mikrowelle aufwärmen mussten.

„Was wissen wir?" fragte Hanna.

Filip lehnte sich in einem durchgesessenen Sofa gemütlich zurück.

„Die Einbrüche bei Kunden von Nordensvan sind kein Zufall. Wir wissen, dass jemand auf der Suche nach dem Motiv Grindslanten ist.

Bei meinem Onkel gab es nur Grindslantens und das stand dank dir ja auch groß in der Zeitung."
Hanna machte eine abwehrende Handbewegung.
„Aber warum?"
„Ein Sammler könnte sie leichter haben. Die kosten ja nichts."
„Vielleicht sucht er nur ganz Spezielle. Leider wissen diese Trödler ja nicht, was genau sie herumstehen haben. Oder hatten."
„Gestickte Versionen sind wohl nicht so begehrt. Zumindest scheinen bei der Sammlung von Onkel Lars solche nicht zu fehlen. Die hingen alle zusammen, das erinnere ich und da ist keine Lücke. Und das Original kann es auch nicht sein."
Hanna nickte. „Es sei denn, im Museum hängt eine Kopie."
Sie nahm einen Schluck Kaffee. Das feine Service klirrte beim Absetzen. Leise Musik kam aus einem Radio im Raum mit dem Tresen. Filip lehnte den Kopf gegen die Wand.
„He, nicht einschlafen."
Hanna stupste ihn an.
„Ich schlafe nicht," gab Filip zurück.
Sie lachte leise. „Was habe ich eben gesagt?"
„Dass im Museum eine Kopie hängt."
„Das war davor. – Ich habe gesagt, dass der Täter vielleicht auf der Suche nach dem zweiten Original ist."
„Ich habe nicht geschlafen," beharrte Filip und rieb sich die Augen, „nur etwas nachgedacht. – Ein zweites Original gibt es nicht."
„Sagt wer?"
„Sagt Pernilla."
Hanna wirkte nicht überzeugt.
„Wenn sich jemand mit Malmström auskennt, dann sie."
Hanna machte eine abwinkende Geste und sagte dann:
„Was für Versionen werden denn gestohlen, frage ich mich. Danach haben wir uns gar nicht erkundigt. Anfängerhaft."
„Was meinst du?"
„Welche Größe haben sie? Sind es Drucke oder Kopien. Wenn Kopien: Sind es schlechte Kopien, nur Gute? Alle?"
„Manchmal bin ich mir auch nicht sicher, ob ein Bild ein Druck oder ein Gemälde ist," meinte Filip, „nicht mal, wenn man drüber streicht."
„Ja, manchmal sieht man den Wald vor lauter Bäumen nicht," stellte Hanna fest, doch Filip war schon wieder eingenickt.

Filip hatte es nur mit Mühe bis nach Malmö geschafft. Hinter Kristianstad hatte es sich so angefühlt, als ob er ganz kurz eingeschlafen wäre. Seine Augen brannten vor Müdigkeit. Es war nichts passiert, aber total erschreckt war er erst rechts ran und dann, als das Adrenalin langsam verebbt war, zu einer Tankstelle gefahren und hatte sich zwei Becher Kaffee gekauft. Mit einem war er an der frischen Luft zum tiefsten Punkt Schwedens spaziert und hatte sich gefragt, wie das berechnet wurde und was mit den viel tieferen Minen in Kiruna sei. Und ob er selbst an einem Tiefpunkt wäre, zumindest mit seiner Kraft. Oder war es bereits das Alter?

„Die Uhr tickt, die Schlinge zieht sich zu" war ein Lieblingsspruch des Freundes, der jetzt wahrscheinlich schon über den Atlantik segelte, um seinen Traum zu erfüllen, ehe es zu spät war.

In Lund hatte er sich noch einmal Nachschub besorgt und sich den Freikaffee geholt, den er mit einem Los von Circle K in Kristianstad gewonnen hatte.

Die nächsten beiden Tage verbrachte er mit dem Auftrag des Restaurants und einem neuen Job, den er von einer Schokoladenmanufaktur erhalten hatte. Gelegentlich dachte er an Hanna und an Grindslanten. Und an Hanna und an Pernilla. Und an Hanna und Gustav.

Am dritten Tag bekam er eine Textnachricht. Hanna schrieb. Er war etwas enttäuscht, als er las, dass es lediglich um ihre Kontaktaufnahme mit der Waldemarsudde in Stockholm ging.

Was hatte er erwartet?

Vom Museum war die Echtheit des Gemäldes bestätigt worden und sie hatten sogar die Kopie einer Expertise beigefügt. Weiter hatte Hanna geschrieben, dass sie Gustav leider noch nicht erreicht habe.

Leider, dachte Filip und stieß Luft aus.

Dann joggte er zum ersten Mal seit Jahren.

Am frühen Abend ließ er sich, mit schlechtem Gewissen wegen der Ökobilanz, aber voller Vorfreude auf ein heißes, dampfendes Bad, Wasser in die Wanne ein.

Er war gerade bis zur Nasenspitze untergetaucht und genoss das angenehme Kribbeln der Hitze und den künstlichen Duft des Waldes, als sein Handy klingelte.

Unbekannte Nummer, las er und überlegte kurz, es zu ignorieren, doch dann nahm er das Gespräch an.

„Hallo?“

„Hej Filip, hier ist Hanna. Wo steckst du gerade.“

„Im Wald,“ sagte er fröhlich, doch sie ging nicht auf seinen Scherz ein.

„Es ist etwas passiert.“

„Du hast den Fall gelöst,“ stellte er fest und fragte: „Hast du ein neues Telefon?“

„Das gehört meinem Nachbarn. Ich kann gerade nicht in meine Wohnung.“

„Warum nicht.“

„Jemand hat mir einen Brandsatz in das Wohnzimmer geworfen.“

„Was!“ rief Filip und kam ruckartig hoch, so dass sich das halbe Waldbad über die Kante der Wanne auf den Boden ergoss, „bist du verletzt? Geht es dir gut?“

„Keine Sorge. Mir geht es okay. Etwas geschockt, vielleicht, aber sonst ist alles gut mit mir. Es ist auch nicht viel passiert.“

„Ich komme hin,“ meinte Filip und stand schon mit einem Bein neben der Wanne.

„Nein, brauchst du nicht, wirklich. Wenn die Polizei weg ist, kann ich wieder rein. Die Feuerwehr hat das Fenster vernagelt. Hört sich schlimmer an, als es ist. Du musst nicht herkommen. Ich komme klar.“

„Aber, wer …,“ sagte Filip noch, ehe er auf den nassen Fliesen ausrutschte und mit dem Kopf gegen das Waschbecken knallte.

„Wie furchtbar siehst du denn aus?" fragte Hanna.

„Das ist ja mal eine Begrüßung," entgegnete Filip. Sein rechtes Auge war blutunterlaufen, die Haut leuchtete grün-blau und ein tiefer Schnitt zog sich über die Wange bis zum Unterkiefer.

Als er wieder zu sich gekommen und die Blutung gestillt war, hatte er sofort versucht, Hanna zu erreichen. Aber bei ihrem Telefon war nur die Mailbox angegangen und die anonyme Nummer, von der ihr Anruf gekommen war, hatte gar nicht reagiert.

Noch während er langsam aus einer kurzen Ohnmacht erwacht war, hatte sich ein Gedanke aus den Tiefen seins Ichs Bahn gebrochen. Eine Erkenntnis, die er sich, warum auch immer, nicht hatte eingestehen wollen. Ganz plötzlich war sie da gewesen. Und er hatte sich gefragt, wie dumm er gewesen war. Oder blind und taub seinen eigenen Gefühlen gegenüber. Und er hatte nach langer Zeit wieder an Suzanna gedacht, weil er so lange nicht an sie gedacht hatte.

Filip hatte sich in sein Auto gesetzt und war in Rekordzeit nach Karlshamn gefahren.

Es fühlte sich so anders an, wenn ihm Hanna in den Sinn kam; das war ihm auf dem nassen kalten Boden in seinem Badezimmer klar geworden. Es fühlte sich nicht nur stürmisch und aufregend an, das hatte er schon ein paar Mal erlebt, sondern auch warm und angenehm, ganz ruhig und klar.

„Wie geht es dir?" fragte er Hanna noch in der Tür, „bist du wirklich nicht verletzt?"

Sie schüttelte den Kopf.

„Dir scheint es schlechter zu gehen als mir. - Komm doch erstmal rein."

Filip hängte seine Jacke an einen Haken im Flur. Es roch leicht wie in der Fischräucherei am Hafen.

„Ich habe mir solche Sorgen gemacht," sprudelte es aus ihm heraus. „Und dann warst du nicht erreichbar. Auf beiden Nummern nicht. Ich könnte es nicht ertragen, wenn …"

Er trat in das Wohnzimmer und verstummte. Auf dem Boden lagen Scherben der Fensterscheibe, zerbrochene Vasen und zertretene Blumen. Ein Stuhl war zersplittert, in dem Sofa klaffte ein großes schwarzes Brandloch und rundherum war alles nass. Es sah schlimmer aus, als es Hannas Worte beschrieben hatten. Und dann war da noch Gustav, der ihn fröhlich begrüßte.

„Gustav," stellte Filip nach einem langen Moment der Überraschung mäßig eloquent fest. Tausend Gedanken schossen durch seinen Kopf. Er sah Hanna an. Der Brandanschlag war völlig vergessen.
Hanna lächelte warm und Filips Herz zog sich zusammen. Oder sein Magen. Oder irgendwas tief in ihm.
„Gustav war zufällig in der Nähe. Ich hatte ihm auf den Anrufbeantworter gesprochen und weil er mich nicht erreichen konnte, kam er vorbei."
„Mitten ins Chaos," ergänzte Gustav und machte eine umfassende Geste. „Mehr als seelischen Beistand konnte ich nicht geben."
„Ja, dann kann ich ja …," hob Filip an, doch Gustav unterbrach ihn.
„Ich gehe dann mal." Er wandte sich zu Hanna: „Du hast ja jetzt moralische Unterstützung und Staffan wartet schon."
Er nickte Filip zu und umarmte Hanna. Sie brachte ihn zur Tür.
„Ich dachte …," begann Filip, als sie kurz darauf zurück in das Wohnzimmer kam.
„Ich weiß," erwiderte Hanna und trat näher.
„Ich liebe dich!" sagte Filip.
„Na endlich!" meinte Hanna mit einem tiefen Seufzer und umarmte ihn.

Filip erwachte, als ein einzelner Sonnenstrahl durch das Fenster fiel und sein Gesicht traf. Er hörte ein beständiges Piepen. Vermutlich wird ein LKW entladen, dachte er. Dann erst öffnete er die Augen und sah zu Hanna, die in seiner Armbeuge lag. Sie lächelte ihn an.

Sie hatten am Abend lange in inniger Umarmung einfach nur dagestanden, frei, als hätte sich etwas gelöst, aber auch unendlich müde nach dem Erlebten.

Filip hatte vorgeschlagen, dass sie in ein Hotel gehen könne oder er oder ob sie in das Haus seines Onkels fahren sollten, aber Hanna hatte gefragt, ob er sich einfach nur zur ihr legen und sie halten könnte.

So hatten beide dagelegen und nach kurzer Zeit war Hanna eingeschlafen, hatte manchmal leicht gezittert und dann war auch Filip in einen traumlosen Schlaf gefallen, ehe ihn die Sonne geweckt hatte.

„Guten Morgen," sagte er leise
„Das ist er," antwortete Hanna.
Sie sahen sich eine Weile an, als müssten sie sich ihre Gesichter einprägen.
„Was ist denn gestern passiert," begann Filip und wischte mit dem Daumen Ruß von Hannas Wange.
„Nicht jetzt!" Sie legte einen Finger auf seinen Mund, aber Filip sprach weiter:
„Ich habe mal in einem Film gehört wie einer sagte, dass Beziehungen, die sich aus Extremsituationen entwickeln, nicht von Dauer sind."
„Dann muss unsere Grundlage eben Sex sein", hauchte Hanna und schmiegte sich noch enger an ihn, „außerdem bin ich nicht Sandra Bullock."

Zwei Stunden später saßen sie am Frühstückstisch. Der Kühlschrank hatte nicht viel hergegeben. Filip war zum Espressohouse auf dem Rathausplatz gegangen und hatte zwei belegte Brötchen gekauft. Als er zurückkam, hatte der Kaffeeduft den leichten Brandgeruch übertüncht.

„Ich weiß gar nicht, wo ich mit dem Fragen anfangen soll," meinte
Filip.
„Zu uns?"
„Zu gestern!"
Er zeigte auf Sofa und Fenster. Hanna hatte die größten Scherben
vom Boden aufgehoben, während er das Frühstück geholt hatte.
„Da gibt es nicht viel zu erzählen. Ich wollte mir gerade etwas zu
trinken aus der Küche holen, als die Scheibe zersplitterte und etwas
Leuchtendes ins Zimmer flog. Ich habe das gar nicht kapiert und
gedacht, ein Vogel wäre dagegen geflogen. Bescheuert."
„Überhaupt nicht, wer erwartet denn so etwas."
Sie nickte.
„Die Feuerwehr sagte, dass es ein Molotow-Cocktail war. Eine
Bierflasche."
„Und gab es Zeugen? Hat jemand was gesehen?"
„Keine Ahnung. Ich frage nachher mal nach."
„Hast du einen Verdacht?"
„Du etwa nicht?"
„Wir haben jemanden aufgeschreckt."
Hanna nickte erneut.
„Aber wen?"
„Das ist die Preisfrage."
Sie strich Filip sanft über die Wange.
„Jetzt erzähl du mal."
„Das war kein glorreicher Moment," meinte er und beschrieb grob,
wie er ausgerutscht war. „Slapstick."
„Und ich dachte, Waldbaden fördert die Gesundheit."
Filip lachte, aber ein Thema gab es noch.
Als ahne sie es, meinte Hanna: „Ich hatte übrigens Gustav ziemlich
direkt angesprochen, dass er uns erzählt habe, die Bilder nicht
gesehen zu haben, während dieser Staffan beim Lions-Loppis uns
erzählt hatte, sie wären von ihm vorbeigebracht worden."
„Und?"
„Es ist so einfach. Gustav und Staffan sind ein Paar und Gustav hat
gelegentlich etwas abgezweigt und dem Lions-Loppis gespendet.
Das ist natürlich nicht rechtens gewesen."
„Er ist schwul?"
„Das war ja wohl von Anfang an klar."
„Und du hast mich im Glauben …"

„Es hat ja geklappt," unterbrach Hanna Filip und küsste ihn zärtlich.
„Einmal abgesehen davon, dass ich scheinbar etwas begriffsstutzig
bin," meinte er, als sie sich voneinander gelöst hatten, „findest du es
nicht komisch, dass Gustav genau an dem Abend vorbeikommt, als
jemand einen Anschlag auf dich unternimmt?"
„Ich hatte ihn angerufen, vergiss das nicht. Und wenn das mit
Staffan gelogen wäre, würden wir es ja leicht herausfinden."
„Sie könnten unter einer Decke stecken."
„Stimmt auch wieder. Ich glaube es zwar nicht, aber klar, könnte
sein. Es ist verzwickt."
„Vor allem müssen wir noch vorsichtiger sein."

Nachdem Hanna sich ein neues Telefon besorgt hatte, rief sie bei der
Polizei an. Es gab keine neuen Erkenntnisse. Man würde Zeugen
suchen. Leider war die Webcam am Rathaus abgeschaltet worden.
Ob auf den Resten der Bierflasche Fingerabdrücke zu finden sein,
bezweifelte der Beamte. Hanna versprach, demnächst vorbei-
zukommen, um eine Aussage zu machen. Einen Polizeischutz, den
Filip angeregt hatte, würde es nicht geben. Dafür fehlten die Leute,
aber der Beamte versprach, dass die Streifenwagen regelmäßig bei
Hanna vorbeifahren würden.
Dann sprach sie mit der Hausverwaltung wegen eines neuen
Fensters. Die zuständige Sachbearbeiterin tat so, als ob Hanna die
Scheibe eingeworfen hätte. Als letztes trugen Filip und sie mühsam
das Sofa nach unten und brachten es, halb aus dem Saab hängend,
zum Recyclinghof.

Vergeblich hatte Filip versucht, Hanna davon zu überzeugen, mit ihm nach Malmö zu kommen.

Er solle sich keine Sorgen machen, hatte sie gesagt. Er war kurz versucht gewesen, sich bei dem Restaurantbesitzer krank zu melden und der Schokoladenmanufaktur abzusagen, aber Filip wollte beide auch nicht hängenlassen. Er hatte Hanna immerhin abringen können, dass er die Jobs so schnell wie möglich erledigen und dann zu ihr zurückkommen würde.

Filip konnte sich nicht erinnern, jemals so glücklich gewesen zu sein. Dieses tiefe Gefühl für Hanna war mit keinem früheren Moment vergleichbar. Keine seiner Auszeichnungen als Fotograf, keine Erbschaft, nicht der Geburtstag, als er seine erste Kamera bekam. Kein vorheriges Verliebtsein und auch nicht die Zeit mit Suzanna. Wenn er Hanna sah oder ihre Stimme hörte, strömte es wie ein wärmendes Licht durch ihn. Er hatte es nur nicht bemerkt. Er musste fast lachen, als er sich dieses Bildes bewusst wurde. Er war Realist, kein Träumer. Sachlich, kein Romantiker.
Es war wunderschön, aber auch verwirrend. Und ein ganz wenig beängstigend, dass ein anderer Mensch ihn so verändern konnte.
Oder etwas tief Verborgenes ans Licht zu bringen vermochte.
Diesen Gedanken empfand er als beruhigender.
Er spürte aber auch eine kleine Angst.
Konnte ein anderer Mensch auch so eine tiefe Liebe fühlen, wie er es gerade tat?

Die Arbeit ging Filip schwer von der Hand und er hatte große Sorge, dass das Ergebnis weder seinen Auftraggebern gefiel noch seinen eigenen Ansprüchen genügte. Er war einfach nicht bei der Sache. Immer wieder dachte er darüber nach, wer den Anschlag auf Hanna verübt haben könnte und ob sie in Gefahr schwebte.
Beide waren sich einig, dass es kein Mordanschlag, sondern eine Drohung gewesen war. Nicht mehr, aber auch nicht weniger. Die Polizei, so hatte ihm Hanna am Telefon erzählt, wollte jedoch auch den Streich einer Horde Betrunkener nicht ausschließen, die randalierend durch Karlshamn gezogen war. Am selben Abend hatten die jungen Männer zwei Buswartehäuschen beschädigt,

Fahrräder in den Mieån geworfen und einen riesigen Penis auf den Neubau am Hafen gemalt.

Für letzteres brachte Filip fast etwas Verständnis auf.

Und dann hatte er Glück.

Leider war es wie so oft, wenn das Glück des einen, das Pech des anderen ist. Bei Schweißarbeiten auf dem Dach des Restaurants hatte der Dachstuhl Feuer gefangen. Noch größeren Schaden hatte das Löschwasser angerichtet. Es würde dauern, bis er dort wieder Fotos machen konnte. Und da Filip den Job für die Schokoladenmanufaktur auch von Åkeholm aus erledigen konnte, packte er seine Ausrüstung zusammen und machte sich auf den Weg nach Åkeholm.

Hanna wollte dort auf ihn warten.

„Den Schlüssel zu meinem Häuschen findest du in einem alten Lederstiefel im Schuppen," hatte er gemeint und bemerkt, wie leicht „mein Häuschen" inzwischen über seine Lippen ging.

Filip sah Hanna schon von weitem durch das Küchenfenster. Als er über den knirschen Kiesweg zum Haus ging, öffnete sich die Tür und Hanna trat auf die Schwelle. Sie trug eine der karierten Schürzen seiner Tante und hatte offensichtlich gebacken.
„Du bist voller Mehl," stellte er schmunzelnd fest und küsste sie.
„Wie ein kleines Frauchen," sagte Hanna kurz darauf mit einem gespielt koketten Augenaufschlag, „wenn der Herr des Hauses heimkommt."
Es duftete himmlisch aus dem Backofen.

Nach einem Begrüßungskaffee und nachdem er seine Ausrüstung aus dem Auto geholt hatte, schlug Hanna einen Spaziergang vor. Schäfchenwolken zogen gemächlich über den blauen Himmel und auch wenn die Temperaturen eher Richtung Herbst gingen, war es doch ein sehr angenehmer Tag.
„Dann verdienen wir uns den Kuchen wenigstens," meinte Hanna. Einen kurzen Moment dachte Filip, sie wolle reden und hätte deshalb den Vorschlag gemacht, aber nach kurzer Zeit war eine damit verbundene, diffuse Sorge vergessen. Und als wäre es eine stillschweigende Verabredung, wurde auch das Thema Grindslanten nicht angesprochen.
Tatsächlich wanderten sie gelegentlich plaudernd, manchmal Hand in Hand, oft den eigenen Gedanken nachhängend durch das kleine Naturschutzgebiet, das sich dem Mörrum entlang stromaufwärts erstreckte. Zu Filips Verwunderung war das Schweigen überhaupt nicht quälend oder beunruhigend, sondern, ganz im Gegenteil, voller Nähe und Geborgenheit und Selbstverständlichkeit. Nichts, was man durch Worte überbrücken musste.
Sie beobachteten Enten, die sich an ruhigen Stellen gemächlich treiben ließen und staunten über die Kraft des Wassers, wo der Fluss durch Felsen rauschte und sich große Mengen Treibholz verkeilt hatte.

Nach einer Weile überquerten sie eine schwankende Hängebrücke und setzen sich auf Holzbänke rund um eine Feuerstelle. Hanna nahm ihren Rucksack ab und holte eine kleine Axt hervor. Während Filip die Gelegenheit ergriff und Fotos machte, spaltete Hanna ein paar der Scheite aus einem windgeschützten Holzvorrat. Der kleine Lagerplatz war von der umliegenden Weide nicht durch einen Zaun abgetrennt und so kamen neugierige Pferde zu Besuch, die zusammen mit Filip staunten, wie schnell Hanna mit Hilfe eines Feuerstahls ein gemütliches Lagerfeuer entfachte.

„Ich bin beeindruckt," meinte er, „woher kannst du das so gut?"

Sie winkte ab. „Da solltest du mal meinen Vater erleben. Der kann sogar nasses Holz anzünden."

Hanna nahm eine kleine Thermoskanne aus dem Rucksack, zwei Plastikbecher und den Kuchen.

„So lässt es sich aushalten," meinte Filip und warf einen Stein in den Fluss.

„Ist ein wenig wie Urlaub", stimmte Hanna zu meinte dann: „Und wir dürfen hier wohnen und haben das jeden Tag. Andere müssen dafür von weit her anreisen."

Filip dachte, dass es schön wäre, mehr von dieser Dankbarkeit, vielleicht sogar Demut für solche Geschenke zu empfinden.

Später nahm er ein zweites Stück Kuchen und teilte es, nicht gerecht, aber immerhin, mit ein paar Vögeln, die sich in der Hoffnung auf einen Snack bei ihnen eingefunden hatten.

„Backen kannst du von deiner Mutter?"

Hanna nickte. Dann fragte sie vorsichtig:

„Du erzählst nie von deinen Eltern?"

Filip kratzte sich über die Wange und sah über den Mörrum, wo gerade ein Angler seine Ausrüstung aus dem Auto packte und die Angel, die mit Magnethalterungen am Dach befestigt war, herunternahm. Er trug bereits eine lange grüne Wathose.

Filip wies mit der Hand zu dem Fliegenfischer gegenüber.

„Früher bin ich mit meinem Onkel manchmal los. Er kannte sich gut aus. Hat seine Fliegen aus Fell und Vogelfedern immer selbst gebunden."

Hanna schenkte Filip den Rest Kaffee ein. Sie ließ ihm Zeit.

„Mein Vater hat sich noch vor meiner Geburt aus dem Staub gemacht," sagte er schließlich. „Ich habe ihn nie kennengelernt."

„Wolltest du es?"

„Als Kind schon, aber das hat meine Mutter verhindert. Jetzt habe ich kein Interesse mehr."

„Nicht mal aus Neugier? Was er für ein Typ ist? Ob du Geschwister hast?"

Filip schüttelte den Kopf und schwieg einen Moment.

„Vielleicht hatte ich zu viel Angst, neidisch zu werden auf das, was hätte sein können."

„Und deine Mutter?"

„Das hätte auch besser laufen können. Als ich siebzehn war, meinte sie eines Tages, dass ich nun auf eigenen Beinen stehen könne. Sie wolle auch noch was vom Leben haben. Zeit für sich."

„Wie bitte?" fragte Hanna, wie mit drohendem Unterton. „Sie hat dich allein gelassen?"

Filip nickte. „Kurz vor meinem 18. Geburtstag eröffnete sie mir, dass sie sich in Südamerika, Brasilien oder Uruguay, eine neue Existenz aufbauen wolle. Ein Café oder eine kleine Pension für schwedische Touristen."

„Das ist ja unfassbar. Den eigenen Sohn allein zu lassen. Auch noch in der Pubertät, wenn Kinder besonders viel Unterstützung brauchen." Nachdenklich ergänzte sie nach einer Weile: „Wenn sie Vertrauen erlernen müssen."

Sie rückte näher und umarmte ihn wortlos.

„Am liebsten würde ich ihr mal meine Meinung geigen," stieß Hanna dann wütend hervor und stocherte in der Glut des Feuers, als würde sie Filips Mutter mit einem glühenden Eisen bearbeiten.

„Ich habe keine Ahnung, wo sie ist und es interessiert mich auch nicht," antwortete Filip und stand auf.

„Wollen wir?"

Der Angler wirbelte mit seiner Fliegenrute durch die Luft. Die Pferde schnaubten leise am Ufer. Ein Reiher erhob sich majestätisch. Langsam setzte die Dämmerung ein.

Nach der Wanderung hatten Hanna und Filip ein erfrischendes Bad im Mörrum genommen und waren kurze Zeit später ins Bett gegangen.

„Wow, was für eine Nacht," stellte Hanna am nächsten Morgen fest, „ich fühle mich wie erschlagen."

Filip musste schmunzeln, weil er wusste, was sie meinte. Oder nicht meinte.

„Stimmt. Die alten Daunendecken sind schwer wie Beton."

Hanna nahm einen schnellen Kaffee und verabschiedete sich rasch. Sie hatte Termine in der Redaktion. Als Hanna weg war, begutachtete Filip die Fotos von ihrer Wanderung. Ein paar sehr schöne Portraits waren darunter und er fragte sich, warum er in seiner Freizeit nicht öfter fotografierte.

Gegen zehn Uhr klingelte sein Handy. Die Schokoladenmanufaktur hatte Fragen und schlug ein Briefing vor. Filip willigte ein, am frühen Nachmittag nach Sölvesborg zu kommen, wo sich eine kleine Produktion samt Büro der Firma befand.

Filip stellte zusammen, was er bereits hatte. Er war mit dem Ergebnis etwas versöhnter. Der Blickwinkel muss nur stimmen, dachte er und in welcher Stimmung man ist.

Fröhlich, wenn auch schrecklich falsch pfeifend, ging er zum Auto, kritisch beäugt von der Nachbarin.

Die Schokoladenmanufaktur hatte ihre Geschäftsräume in einem gelben Holzhaus mit gepflastertem Innenhof, den man sich offensichtlich mit einem Händler für hochwertige Fahrräder teilte. Die Eigentümer, ein Geschwisterpaar, führten Filip zunächst durch die Produktion und dann in einen Raum, wo er zahlreiche Sorten der Schokolade probieren durfte. Da Filip nicht zu Mittag gegessen hatte, wurde ihm ziemlich schnell schlecht. Zucker auf leeren Magen hatte er noch nie vertragen, doch er wollte die beiden jungen Leute auch nicht verprellen. Sie waren mit Feuereifer bei der Sache und ihr Enthusiasmus war ansteckend.

In einem hellen Büro hingen großformatige Fotos aus den Anbaugebieten der Schokolade in Ecuador. Kakaopflanzen, Geräte und Menschen bei der Ernte. Bei Kaffee und noch mehr Schokolade besprachen sie das weitere Vorgehen. Als er das Foto eines

Kakaobaumes betrachtete, musste er unvermittelt an seine Mutter denken. Das hatte es seit Jahren nicht gegeben. Sie hatte ihm einmal erzählt, dass der Kakaobaum seinen botanischen Namen dem schwedischen Naturwissenschaftler Carl von Linné verdankte und übersetzt so etwas wie „Götterspeise" heißen würde.
An was man sich plötzlich erinnern konnte.

Während Filip versuchte, sein Auto zu starten und er gelobte, sich endlich die Grundkenntnisse zur Reparatur von Saabs in YouTube anzusehen, öffnete er aus Versehen eine falsche Playlist in Spotify.
Die Passanten staunten nicht schlecht, als plötzlich das Weihnachtslied „Hey Ho" aus den Bluetooth-Lautsprechern auf seinem Armaturenbrett dröhnte und er nach kurzer Zeit lauthals mitsang. Fast augenblicklich katapultierte Freddy Kalas ihn in die Vorweihnachtszeit und Filips gute Stimmung erfuhr eine weitere, nicht für möglich gehaltene Steigerung.
„Hey ho, det tramper oppå taket.
Hey ho, nissen er …"
Da sah er Rune Runsten.

Rune hastete an dem Parkplatz vorbei über die Straße. Vor den Mund hielt er das unvermeidliche Telefon und Filip fragte sich, ob der Kerl noch nichts von Kopfhörern gehört hatte.

Aus einem Impuls heraus ließ er das Auto Auto sein, schaltete Freddy Kalas ab und folgte Rune durch die Södergatan zum Stortorget.

Rune stand einen Moment wie orientierungslos herum und blickte etwas gehetzt um sich, ehe er auf eine Konditorei zuging. Er stellte sich an die Scheibe und schirmte seine Augen mit den Händen ab, um besser hineinsehen zu können. Scheinbar zufrieden mit dem Gesehenen, drängelte Rune sich an der Schlange der Wartenden vorbei und betrat das Geschäft.

Filip lehnte sich an die Umrandung eines Brunnes, den ein nacktes Paar zierte.

Was mache ich hier, dachte er. Er fragte sich, ob er wegen Rune nicht übertrieb und er die Angelegenheit nicht endlich ein für alle Mal ruhen lassen sollte. Was geschehen war, war geschehen.

Doch dann siegte die Neugier.

Filip löste sich vom Brunnen und ging zum Fenster der Konditorei Ritz. Seine Augen mussten sich erst an die Dunkelheit im Inneren gewöhnen. Eine Frau, die direkt am Fenster saß, blickte ihn erschreckt an. Filip machte eine entschuldigende Geste, die sie wahrscheinlich gar nicht sehen konnte und trat einen Schritt zur Seite. Er sah Ledersessel, Leder an den Wänden, Kronleuchter an den Decken und viele Tische, die besetzt waren. Hinter einem gläsernen Tresen lagen wunderschöne große Brotlaibe. Ihm war die Konditorei Ritz entschieden zu dunkel und er dachte an das helle Mandeltårtan. Zumindest wie in dem Café in Ronneby schienen auch hier die belegten Brote und Kuchenstücke köstlich zu sein.

Dann konnte er auch Rune erkennen, der es sich breitbeinig auf einer Lederbank gemütlich gemacht hatte und erregt auf eine Frau mit Mütze einredete, die mit dem Rücken zum Fenster saß und gerade einen Schluck Kaffee nahm. Dann wendete sie sich nach links und legte eine Hand auf Runes Arm.

Erschreckt zuckte Filip zurück.

Hanna.

Als es langsam Abend wurde, saß Filip am Fenster und sah auf den Mörrum, ohne etwas zu sehen.

Er konnte keinen klaren Gedanken fassen.

Oder es waren zu viele?

Warum traf sich Hanna mit Rune? Ohne Filip etwas zu sagen. Warum müsste sie das? Warum hatten die beiden so vertraut gewirkt? Weshalb war er nicht zu Hanna und Rune an den Tisch gegangen? Warum, zum Teufel, hatte er bei ihr angerufen, nachdem er wieder ins Auto gestiegen war? Wieso hatte sie gesagt, dass sie gerade in einer Redaktionssitzung sei? Meinte sie es ernst, als sie zum Abschluss des Telefonats gesagt hatte, sie liebe ihn und freue sich auf den Abend? Gab es eine ganz einfache Erklärung?

Und was klopfte da in seinem Kopf?

Zumindest für das Klopfen gab es eine Antwort, denn plötzlich sagte eine Stimme hinter ihm:

„Hallo Filip!"

Hanna stand in der Zimmertür, mit dem linken Zeigefinger gegen den Rahmen klopfend.

„Wo bist du denn mit den Gedanken? Ich habe auch schon tausendmal an die Haustür geklopft."

Sie trat näher und küsste Filip zärtlich.

Dann sah sie ihn lange an und fragte: „Was ist los?"

„Nichts. Was soll sein?"

„Da war ja deine Nachbarin stürmischer, als sie mir eben über die Hecke einen Guten Abend wünschte."

„Es war ein langer Tag," erwiderte Filip.

„Quatsch. Du bist blass und völlig verkrampft und das liegt nicht an der Arbeit."

Hanna setzte sich in einen Sessel und zog die Beine unter ihren Körper. Sie trug zwei paar unterschiedliche Wollsocken. Filip sah sie eine Weile an. Sie schaute zurück.

So gut kannte Hanna ihn schon?

Wenn er in der Vergangenheit das Gespräch gesucht hatte, war es meistens schlimmer geworden, als zuvor, meinte er sich zu erinnern.

Aber das galt doch nicht für Hanna, schien eine andere Stimme in ihm einzuwenden.

Filip überlegte für einen kurzen Moment noch einmal zu fragen, wo sie gewesen sei. Aber was sollte das bringen?

„Ich habe dich mit Rune in Sölvesborg im Café gesehen."

Hanna setze die Füße auf den Boden. Ihre Socken bissen sich mit den Farben des Flickenteppichs, fand Filip. Ein wichtiger Gedanke.

Hanna fixierte ihn lange, ehe sie zu sprechen begann.

„Hast du schon mal was von einer selbsterfüllenden Prophezeiung gehört?" fragte sie, ohne eine Antwort zu erwarten. „Gerade habe ich in einem Wirtschaftsmagazin gelesen, was während der Corona-Krise in Deutschland passiert ist. Viele Menschen erwarteten eine Toilettenpapierknappheit und passten deshalb ihr Verhalten an und kauften Unmengen Klopapier. Die ursprüngliche Erwartung wurde durch das eigene Verhalten erfüllt, denn durch den Kaufrausch horteten so viele Menschen Klopapier, dass es tatsächlich knapp wurde."

„Klopapier?" fragte Filip matt.

„Tiefe Wunden sitzen nun mal tief," fuhr Hanna fort.

„Worauf willst du hinaus?"

„Das mag sich alles etwas nach Küchenpsychologie anhören, aber ich denke, es sind die negativen Erlebnisse und Erfahrungen aus deiner Vergangenheit, die dem Vertrauen die Grundlage entziehen. Selbst wenn eine neue Partnerin," sie zeigte auf sich, „rein gar nichts dafür kann."

„Das heißt?" fragte Filip besorgt.

„Erstens heißt es, dass du erwartest, dass es mit uns nicht klappt und verhältst dich dann so, dass es nicht klappen wird. Zweitens könnte es heißen, dass Rune ein dummes Arschloch ist und ich natürlich nichts mit ihm habe. Ich wollte dich schützen. Vor deinen Emotionen. Ich habe doch gespürt, was das Wiedersehen mit dir gemacht hat. Trotz aller Beherrschung."

Sie streckte eine Hand zu ihm aus.

„Vielleicht war das zu übergriffig von mir. Ich bin schon groß, du bist es auch. Lass uns zukünftig einfach immer reden. Offen und ehrlich. Und uns vertrauen." Sie zog ihn zu sich auf den Sessel. „Wenn du in meiner Nähe bist, fühle ich mich wie komplettiert. Das habe ich vorher noch nie erlebt. Denn drittens will ich sagen: Ich liebe dich, du Blödmann."

Petar Stoijanovic empfing Hanna und Filip in seinem kleinen Büro in einem Container. Auf dem Platz davor standen amerikanische Sportwagen und zwei Hot Rods. Das Büro war sauber, aber wenig repräsentativ. Auf dem Schreibtisch türmten sich Prospekte und Formulare. An der Wand hinter Petar hing ein großformatiger Wandkalender. Eine nackte Frau lag mit gespreizten Beinen auf der Motorhaube eines Chevrolets. Petar trug einen glänzenden grauen Anzug mit Einstecktuch. An den Füßen hatte er weiße Collegeschuhe und grüne Socken.

Abziehbild, dachte Filip.

„Was wollt ihr", blaffte Petar zur Begrüßung.

Hanna und Filip hatten am Abend zuvor noch lange geredet. Über sich und später auch über das, was Rune Hanna erzählt hatte. Es war nicht nur so gewesen, dass sie hatte Filip schützen wollen. Auch Rune hatte darauf bestanden, dass sie allein kommen sollte. Scheinbar hatte er sich tatsächlich Hoffnung gemacht, Hanna ins Bett zu kriegen. Zumindest hatten seine eindeutig zweideutigen Bemerkungen sie in diese Richtung denken lassen.

„Was für ein Widerling", hatte Hanna zu Filip gesagt und hinzugefügt, dass sie ihn nicht ranlassen würde, selbst wenn er der letzte Mann auf Erden wäre.

Neben dem erfolglosen Versuch, Hanna von sich und einer Nacht, die sie nie vergessen würde, zu überzeugen, war das Gespräch aber nicht sinnlos gewesen. Petar Stoijanovic hatte Rune nach seiner Rückkehr aus dem Urlaub, der gar kein Urlaub war, entlassen und ihm auch die Wohnung gekündigt. So ganz hatte Hanna es nicht verstanden, aber scheinbar war Rune dazu übergegangen, von den Verkaufserlösen der Autos und Ersatzteile einen Teil in die eigene Tasche abzuzwacken. Da auch die Geschäfte Petars nicht so legal waren, wie sie hätten sein sollen, konnte er Rune schlecht anzeigen. So gab es ein paar kräftige Hiebe in die Lebergegend und den Rausschmiss. Und schon fiel Rune Hanna und ihr Interesse an den Bildern wieder ein. Denn was er bei ihrem ersten Besuch nicht erzählt hatte, waren Details, wie Petar an einige seiner Kunstwerke gekommen war.

Sie hatten lange darüber diskutiert, ob es zu gefährlich wäre, den offensichtlich gewalttätigen Petar zu besuchen. Letztlich hatte die Neugier über die Sorge gewonnen.

„Tja, was wollen wir?" fragte Hanna mit süßlicher Stimme, „vielleicht ein paar Urlaubserlebnisse?"
Petar glotzte sie an.
„Komm schon, wir wissen inzwischen, dass du nicht segeln warst. Dafür bist du übrigens zu blass. Du musstest eine kleine Haftstrafe absitzen."
„Rune, diese kleine Ratte," sagte Petar und Filip musste wieder unwillkürlich an ein Kinderbuch denken: Rune Runsten und die räudigen Ratten.
„Wie ich dir schon am Telefon gesagt habe, hat uns Rune von deinen Geschäften erzählt."
„Sonst hätte ich euch kaum empfangen. Wenn ich den in die Finger kriege," drohte Petar.
„Das hat er auch gedacht und macht erstmal Urlaub."
Petar grunzte etwas Unverständliches in einer fremden Sprache.
„Wie dem auch sei. Uns interessiert nicht, dass du billige Autoteile als Originale verkaufst oder ob du brav deine Steuern zahlst. Wir sind weder vom Finanzamt noch von der Polizei."
„Du kennst meinen Onkel," mischte sich nun auch Filip in das Gespräch ein.
Petar sah ihn fragend an. Filip holte sein Smartphone hervor und zeigte ihm ein Foto.
„Lars? Du bist der Neffe von Lars? Wie geht es dem alten Schlitzohr?"
„Er ist tot."
„Oh," entfuhr es Petar, „das tut mir leid."
Das hörte sich fast ehrlich an.
„Wir haben deine Sammlung gesehen," übernahm Hanna wieder, „beeindruckend."
Sie machte eine Pause, ehe sie fortfuhr. „Rune meinte, du würdest neue Bilder gelegentlich erwerben, ohne Geld dafür zu bezahlen."
„Hast du Beweise?"
Hanna antwortete mit einer Gegenfrage: „Bist du bei Filips Onkel eingebrochen?"

„Bist du bescheuert?" kam es zurück, „meine Sammlung ist doch viel besser als seine. Warum sollte ich das tun? Die Bilder gibt es außerdem auf jedem Flohmarkt. Und bei mir wurde ebenfalls eingebrochen, wie euch sicher Arschloch Rune erzählt hat."
„Vielleicht suchst du ein ganz bestimmtes Bild?" bohrte Filip nach. Er traute Petar ohne weiteres zu, den Einbruch erfunden zu haben.
„Und was soll das sein? Das einzig interessante wäre ja wohl das Original. Und das hängt im Museum."
„Und wenn es ein zweites Original gibt?"
Petar lachte unvermittelt auf, als hätte Filip den besten Witz der Welt erzählt.
„Glaubt ihr auch diesen Scheiß? Weil es mal 16 Millionen Kronen wert war und dann nur 2? Weil es angeblich zeitgleich bei unterschiedlichen Sammlern war."
Er beugte sich vor.
„Hört mal zu, ihr Clowns. Ich habe einen kleinen Hau und sammle Grindslantens. Mehr nicht. Es gibt ein paar von uns. Dein Onkel war auch so verrückt."
„Auch Benedikt von Berg gehörte dazu?" fragte Hanna und entschuldigte sich kurz, weil ihr Telefon klingelte.
„Die Redaktion, da muss ich ..." Sie verließ den Container.
„Habt ihr beiden was?" wollte Petar wissen.
Filip ignoriert die Frage und Petars anzügliche Geste und wiederholte, was Hanna gefragt hatte.
„Gehörte von Berg zu euch?"
„Av Berg von Segebaden. Darauf legte er wert. Benne war der Schlimmste," sagte Petar und entblößte grinsend eine gut gemachte Zahnreihe, „aber der ist tot."
Filip empfand Petars Grinsen als fies, fast wölfisch, aber etwas anderes spukte in seinem Kopf umher, das er nicht fassen konnte.
Filip war froh, als Hanna zurückkehrte und sie sich kurz darauf verabschiedeten.
Auch Petar legte keinen Wert auf einen erneuten Besuch.

August Malmström ärgerte sich, seinen Skizzenblock im Atelier in der Rue de la Bienfaisance gelassen zu haben. Die Szenerie vor ihm hätte ein schönes Motiv abgegeben. Kutschen ratterten über das glatt und bläulich schimmernde Kopfsteinpflaster. Grüne Laternen bildeten einen prächtigen Kontrast. Menschen hasteten mit dunklen Regenschirmen über die Bürgersteige. Zeitungsjungen riefen ihre Schlagzeilen. Ein Laternenanzünder begann seine Arbeit.
Was für eine gewaltige Stadt. Was für ein Trubel. Und ihm war schon Stockholm unfassbar groß vorgekommen.
Sein Atelier war inzwischen zu einem kleinen Treffpunkt schwedischer Maler in Paris geworden. Malmkullan wurde es genannt, was ihn ein wenig stolz machte. Doch an diesem Abend war ihm danach, andere Gesichter zu sehen und so hatte er sich, mit einem kleinen Umweg durch den wunderschönen Parc Monceaux auf den Weg zum Café Guerbois gemacht. Die Füße in den unbequemen Schuhen taten ihm weh vom langen Spaziergang, aber eine Kutschfahrt konnte er sich nicht leisten. Daran änderte auch das Reisestipendium nichts, das mit der Medaille verbunden war, die er für das Gemälde „Kung Heimer och Aslög“ von der Akademie in Stockholm bekommen hatte. Er war unendlich dankbar, dass er bei Thomas Couture in Paris hatte studieren dürfen. Seine Technik und Farbgebung waren einzigartig, auch wenn manche Kritiker Couture als inhaltslos oder gar manieriert ansahen. Wenn er, August Malmström aus Nubbekullen in Västra Ny bei Motala, eines Tages seine Professur erhielt, wäre die Malerei seines Meisters aus Paris genau die, die er lehren würde.

August Malmström liebte das Quartier des Batignolles, aber Kost und Logis und vor allem die Räume zum Malen waren leider zu teuer. Doch so oft es ging besuchte er die Gegend, manchmal um dort Künstlerbedarf zu kaufen, meistens aber um im Café Guerbois einzukehren und dort bis spät in die Nacht mit anderen Malern oder Schriftstellern über Kunst und die Welt zu diskutieren, auch wenn sein Französisch stark zu wünschen übrig ließ. Wenn er ehrlich mit sich war, hörte er mehr zu, als selbst etwas zu den Gesprächen beizutragen, aber sich überhaupt in diesen Kreisen zu bewegen war allein schon eine unfassbare Entwicklung für einen Jungen aus der schwedischen Provinz.

Auch an diesem Abend war das Café gut besucht. Schon von draußen hörte Malmström Gelächter. Ein Dichter schien Verse zu deklamieren. Ein Schwall warmer Luft empfing ihn beim Öffnen der Tür. Es roch nach Anis und Kaffee und nach frischem Brot. Vielleicht konnte er eine Schüssel Cassoulet ergattern, dachte Malmström. Sein Magen knurrte voller Vorfreude auf einen kräftigen Eintopf.

Und tatsächlich hatte er Glück.

Er fand einen Platz an einem Tisch mit Malerkollegen, die er kannte, zumindest vom Sehen. Darunter waren Edgar Degas und ein junger Mann, den alle nur Félix riefen. Seine Porzellanmalereien begeisterten Malmström. Später kamen Auguste Renoir und dessen Freund, ein dandyhafter Typ mit Handschuhen und Zylinder, der ihm vor einiger Zeit als Eddi vorgestellt worden war.

Eddi war es auch, der Malmström eine Cassoulet spendierte, während er selbst Brot aß und reichlich Absinth trank. Beide verband die Lehrzeit bei Thomas Couture, auch wenn Eddi, wie Malmström dessen immer undeutlicher werdenden Worten entnehmen zu vermeinte, aus künstlerischen Gründen mit ihm gebrochen hatte. Eddi vertrat die ungeheuerliche These, dass man nicht eine Landschaft abbilden müsse, sondern den von ihr im Betrachter hervorgerufenen Eindruck. Malmström dagegen betrachtete sich eher als Symbolist. Eddi schien trotz dieser Gegensätze Gefallen an Malmström zu finden. Vielleicht wollte er ihn auch davon überzeugen, sich von Couture und dessen Malstil abzuwenden.

Eddi war bekannt dafür, in seinen Augen nicht gelungene Bilder zu zerschneiden. Was für eine Verschwendung, dachte Malmström, der nie vergessen hatte, was es bedeutete, mit wenig auszukommen. Als Eddi nach weiteren Gläsern Absinth eine Leinwand hervorholte, überredete ihn Malmström, sie ihm zu schenken, anstatt dem Frevel der Zerstörung beiwohnen zu müssen. Leinwände waren teuer. Dafür bestellte er sich lieber einen weiteren Eintopf. Malmström suchte nach seiner Geldbörse und holte die letzten Centime hervor. Wie hatte seine alte Lehrerin immer gesagt:

„August, von Kunst allein wird man nicht satt."

Die Cassoulet duftete herrlich.

Hanna und Filip saßen an dem wunderbaren alten Tisch.

„Das war lecker", stellte Hanna fest und schob ihren Teller zur Seite. Regen prasselte gegen die Scheiben. Im Ofen brannte ein Feuer. Filip hatte Kalops aufgetaut. Den Eintopf hatte er vor ein paar Tagen gekocht. Vor ihnen lag ein Block mit allerlei Notizen und gemalten Kästchen und Pfeilen.

„Ich habe kein gutes Gefühl," meinte Filip zum wiederholten Mal, „dieser Petar ist gefährlich."

„Ich halte ihn eher für ein Großmaul."

„Dann frag mal Rune."

„Zumindest fand ich ihn überzeugend, was die Sammlung angeht. Er hat es nicht nötig, hier einzubrechen."

Filip wollte etwas einwenden, doch Hanna unterbrach ihn mit einer Geste.

„Keine Frage, dass er kriminell ist. Und ein Arsch. Aber das ist Rune auch. Beiden ist nicht zu trauen."

„Warum hat er uns überhaupt empfangen?"

Hanna zuckte mit den Schultern. „Neugier?"

„Oder er hat was mit dem Anschlag zu tun und versuchte, noch mehr zu erfahren. Was wir wissen, zum Beispiel."

„Auch das ist möglich."

„Wir sind also nicht wirklich weitergekommen," stellte Filip resigniert fest.

„Wenn wir davon ausgehen, dass der Anschlag auf mich mit den Bildern zu tun hat, schon. Irgendwen haben wir aufgeschreckt. Dafür muss es einen Grund geben."

Filip rieb sich das Gesicht.

„Irgendwas hat er noch gesagt, also da klingelt etwas bei mir. Wenn ich nur wüsste, was es war."

Hanna sah ihn erwartungsvoll an und meinte: „Wenn ich etwas vergessen habe, gehe ich denselben Weg zurück, wo ich zuletzt war und dann fällt es mir meistens ein."

„Vielen Dank. Zu Petar muss ich nicht noch einmal."

Hanna lachte. „Ich auch nicht."

„Er hatte einen geschmackvollen Kalender."

„Der gefiel dir, klar," gab sie zurück und knuffte Filip in den Arm. Aus einem silber-grauen, verbeulten Topf dampfte es.

„Wir können abwaschen," meinte Filip.

„Oder wir nehmen ein schönes Bad zusammen", flüsterte Hanna und küsste ihn.

„Das ist es," rief Filip aus und schlug sich an die Stirn.

Hanna sah ihn verdutzt an. „Freut mich, dass dir der Vorschlag gefällt."

„Nein. Ja, ich meine Baden. Der verstorbene Adlige." Filip schlug sich an die Stirn.

„Benedikt av Berg?"

„Fast. Petar sagte, dass der gute Benedikt Wert auf seinen vollen Namen legte: Benedikt av Berg von Segebaden."

„Wie Gustav?"

„Wie Gustav von Segebaden. Genau."

Hanna schien nicht überzeugt. „Das kann ein Zufall sein."

„Bei dem Namen? Niemals."

„Wenn es stimmt, hätte der gute Gustav es noch einmal mit der Wahrheit nicht so genau genommen."

„Und vielleicht steckt er tiefer drin, als wir glauben und es war nicht nur wegen Staffan und den Geschenken an den Loppis. Wir müssen Gustav fragen."

„Das machen wir gleich, wenn wir aus der Wanne raus sind?" sagte Hanna und zog Filip an sich.

Es dauerte dann aber doch bis zum nächsten Morgen, dass Hanna bei Gustav anrief. Er nahm nicht ab und sie bat um Rückruf. Der kam, als Filip gerade Brennholz aus dem Schuppen holte. Der Vorrat ging zur Neige. Es wurde Zeit, dass er für den Winter Nachschub besorgte. Für den übernächsten Winter dachte er. Den Makler hatte er erneut vertröstet, aber wahrscheinlich war dem Mann inzwischen schon klar, dass es bei diesem Objekt nichts werden würde mit einer Provision.

Als Filip mit einem großen Weidenkorb voller Scheite zurückkam, hatte Hanna schon wieder aufgelegt.

„Gustav hat angerufen."

„Und? Was sagt er?"

„Das war komisch. Er drang herum. Und dass wir ja nicht gefragt hätten."

„Aber sie waren verwandt."

„Absolut. Nicht eng, aber ja. Gustav sprach von Onkel Benne."

„Irgendwas ist da nicht korrekt," meinte Filip und sortierte ein paar Hölzer unter den Ofen, „das fühle ich. Und erinnere dich, dass er nach dem Anschlag bei dir war."

Hanna nickte langsam.

„Wenn ich diese Geschichte zu Papier bringe, wird das eher ein Kriminalroman, als eine Story für Seite 5."

„Titelseite," verbesserte Filip, „aber warum nicht gleich einen Roman. Viele bekannte Autorinnen haben als Journalistin angefangen. Das wäre sicher ein Kracher."

Da klingelte Filips Telefon. In dem Augenblick, als er es vom Tisch aufhob und den Namen von Pernilla las, hörten Hanna und er ein enorm lautes Geräusch und das Splittern von Glas.

Sie begriffen erst gar nicht, was passiert sein könnte.

Hanna stand mit offenem Mund da. Filip fiel das Telefon aus der Hand. Er dachte zunächst, ein Vogel wäre gegen eine Scheibe geflogen, ehe ihm klar wurde, dass der Vogel dann die Größe eines Kleinflugzeugs hätte haben müssen.

Sie rannten zum Küchenfenster. Hinter den Resten der Hecke sahen sie Rauch und kleine Flammen.

„Mein Auto!" schrie Hanna.

Filip war schon auf dem Weg nach draußen.

Er trat die Pforte zur Seite, die nur noch an einem Scharnier hing.

„Mein Auto!" wiederholte Hanna, die neben ihm auftauchte. Filip vermutete einen Schock. Sie war leichenblass.

Plötzlich sah Filip jemanden auf dem Boden liegen. Er sprintete zu der Person, die auf dem Bauch lag und sich nicht bewegte. An beiden Beinen war die Hose zerfetzt. Überall war Blut.

„Ist sie tot?" schrie Hanna, worauf Filip fragte:

„Sie? Woher weißt du, dass es eine Frau ist?"

Als ob das wichtig wäre.

„Das ist deine Nachbarin."

Filip beugte sich über den Körper.

„Du hast Recht."

Vorsichtig versuchte Filip zu ertasten, ob die Frau noch Puls hatte. Er verfluchte sich, seinen Erste-Hilfe-Kurs niemals aufgefrischt zu haben. Obwohl man da wahrscheinlich auf so eine Situation nicht vorbereitet wurde.

Hanna hatte sich wieder gefasst und den Notruf angerufen.

Filip meinte, einen schwachen Pulsschlag zu spüren. Er hatte keine Ahnung, ob er seine Nachbarin umdrehen oder in eine stabile Seitenlage bringen sollte. Vielleicht wäre das kontraproduktiv bei den Verletzungen.

Während sie auf das Eintreffen des Notarztes warteten, nahm der Rauch aus Hannas Suzuki langsam ab. Flammen waren nicht mehr zu sehen. Irgendwann stöhnte die Frau auf, was sie als gutes Zeichen werteten. Filip hatte ihr linkes Bein mit seinem Gürtel abgebunden, um die Blutung zu stillen.

„Wie heißt sie eigentlich?" fragte Hanna und zu seiner Schande musste Filip gestehen, dass er es nicht wusste. Er hatte sich nie offiziell bei ihr vorgestellt.

Und nun war es womöglich zu spät.

Endlich hörten sie Sirenen.

„Genügt das, um endlich Polizeischutz für Hanna zu bekommen?" fragte Filip, der seinen Unmut nur schwer zügeln konnte. Sie saßen in einem schmucklosen Besprechungsraum der Polizei, vor sich zwei Becher Tee in braunen Plastikbechern. Dazu trockene Kekse in Plastikfolie, die schmeckten, wie sie aussahen.

„Für uns beide," ergänzte Hanna.

„Ich kann das nicht entscheiden," sagte der Polizist ihnen gegenüber. Er hieß Rolf Sand, war um die fünfzig, hatte einen Rest roter Haare und trug einen viel zu engen Rollkragenpullover.

Er schwitzte. Es war sehr heiß und stickig in dem Raum.

„Und wenn, nur für Frau Helin, es war schließlich ihr Auto."

„Aber es war vor dem Haus von Filip. Und wir sind beide an dem Fall dran."

Sand zeigte mit kräftigen Fingern auf Hanna. Seine Fingernägel waren abgekaut, bis zum Nagelbett. Filip überlegte, wo er das zuletzt gesehen hatte.

„Gut, dass sie das ansprechen," meinte er dann mit ruhiger Stimme.

„Ich denke, es wäre an der Zeit, sich auf ihre eigentlichen Berufe zu konzentrieren und die Ermittlungsarbeit den Profis zu überlassen." Dabei zeigte er auf sich.

Filip irritierte zusehends, dass Sand konsequent beim „Sie" blieb.

„So richtig vorangekommen seid ihr ja nicht," meinte er, „und außerdem ermitteln wir nicht, sondern recherchieren."

„Was hat denn bitte Petar Stoijanovic mit diesen," er setzte Anführungszeichen in die Luft, „amateurhaften Recherchen zu tun?"

„Woher weißt du …" fragte Filip, doch anstelle von Sand antwortete Hanna: „Er wird observiert, oder?"

Sand hielt sich den Zeigefinger vor den Mund.

Was für ein Idiot, dachte Filip.

„Dann kann er es ja nicht gewesen sein, der mein Auto in die Luft gesprengt hat."

„In die Luft gesprengt ist ein großes Wort," meinte Sand.

„Wie würdet du das denn bezeichnen? Oder frage dazu doch mal die arme Frida?"

Filips Nachbarin, von der sie nun auch endlich den Namen erfahren hatten, war inzwischen außer Lebensgefahr, wie ihnen im Krankenhaus von einer gestressten Krankenschwester mitgeteilt worden war. Filip hatte ihr mit dem Abbinden wahrscheinlich das Bein gerettet.

Sand hatte nichts dazu gesagt, ob Stoijanovic etwas mit dem neuerlichen Anschlag zu tun hatte, aber letztlich würde das, selbst wenn er nicht in die Nähe von Hannas Auto gekommen wäre, nichts beweisen. Petar könnte jemanden beauftragt haben, wie Hanna feststellte.

„Der kennt bestimmt wen, der jemand kennt," stimmte Filip zu, „nur Rune können wir wohl ausschließen."

„Das von dir zu hören," meinte Hanna, „aber wer weiß, ob der nicht tiefer drinsteckt und eigene Interessen verfolgt. Wir können niemanden ausschließen."

Sand hatten sie völlig vergessen, bis der sich von der anderen Seite des Tisches zu Wort meldete.

„Sie schließen schon mal niemanden ein oder aus. Kapiert? Jetzt übernehmen wir. Die Profis. Zeugen befragen, Beweise sichern. Die Kriminaltechnik untersucht den Wagen und was für ein Sprengsatz es war. Sie dürfen uns aber gern eine Liste ihrer Verdächtigen geben."

Das „Ihrer Verdächtigen" hatte er wieder mit Zeigefingeranführungszeichen in der Luft verdeutlicht.

Dazu knallte er einen Schlüsselbund samt Schlüsselanhänger von Östers Växjö auf die Tischplatte.

Filip verdrehte die Augen.

Hanna musste unwillkürlich lachen.

Sand blickte irritiert und ging zum Fenster, um es zu öffnen. Er hinkte leicht.

„Endlich Luft. Danke," meinte Filip und fragte Sand nach dem Grund seines Hinkens.

„Fußballunfall?"

„Fahrrad," gab Sand mürrisch zurück.

Irgendwas in Filips Gehirn meldete sich plötzlich und wollte an die Oberfläche.

Die nächsten Minuten verbrachten sie damit, Sand auf den Stand ihrer Nachforschungen zu bringen. Wie unsympathisch ihnen der Polizist auch war, hatte er doch Recht. Es wurde zu gefährlich. Hanna und Filip berichteten von ihren Besuchen auf den Flohmärkten, den Kontakten von Nordensvan und anderen Gesprächen, die sie geführt hatten. Hanna hatte ein ganz

ausgezeichnetes Gedächtnis und brauchte kaum einmal ihre Unterlagen.
Die Rolf Sand zu geben, brachte Hanna jedoch nicht über das Herz.

Seine Vermieterin, eine widerliche kleine Person mit den abstoßenden Zügen einer Hexe, stand plötzlich in Malmströms Atelier. Wie üblich hatte sie nicht geklopft. Er hasste das. Malmström sah von seiner Staffelei auf und blickte sie fragend an. Die Frau entblößte grinsend eine schadhafte Zahnreihe und hielt ihm ein beigefarbenes Kuvert entgegen. Malmström erkannte die Briefmarke mit dem Reichswappen, das ihn immer an ein von hinten gezeichnetes Kind erinnerte. Womöglich würde er auch eines Tages eine Briefmarke gestalten, ging es ihm durch den Kopf. Eine bessere. Dann bemerkte er auch die schräg stehende Handschrift seines Bruders Israel. Es musste einen guten Grund für den Brief geben, denn normalerweise bekam Malmström äußerst selten Post von ihm. Fast nie. Porto aus Schweden war teuer. Mit einem Stirnrunzeln nahm Malmström den offensichtlich geöffneten Umschlag entgegen. Madame Trossard entschuldigte sich gestenreich, das Siegel irrtümlich gebrochen und das Kuvert geöffnet zu haben. Malmström war klar, dass sie nach Geld gesucht hatte.
Gut, dass Israel Malmström ebenso arm war wie sein Bruder.
Als seine Wirtin unter servilen Verbeugungen endlich den Raum verlassen hatte, setzte sich Malmström zur Lektüre des Briefes an den kleinen Tisch vor dem blinden Fenster in seiner Schlafkammer zum Hof und entzündete eine Kerze.
Alles ist verloren, schrieb Israel pathetisch, aber nicht ganz falsch.
Als sein Vater gestorben war, hatte sich herausgestellt, dass die Besitzverhältnisse von Nubbekullen nicht geregelt waren. Israel hatte über die Jahre versucht, das Erbe für sich und seinen Bruder zu sichern, aber nun hatte das Gericht in Motala entscheiden, dass der Hof ihrer Eltern zum Gut Klastorp gehörte. Das Urteil war unanfechtbar.
Malmström entfuhr ein „Verdammt", für das er sich rasch bekreuzigte. Obwohl er nie vorgehabt hatte, wieder nach Nubbekullen zu ziehen, traf ihn der endgültige Verlust schwerer als erwartet. Malmström sah seine Zukunft in Stockholm, aber sein Bruder tat ihm leid. Wenn er zu Reichtum gekommen wäre, würde er ihn unterstützen, schwor Malmström. Aus einem sentimentalen Grund dachte er an das Bild, das sein Vater Grindslanten genannt hatte. Es war das letzte Geschenk an ihn gewesen, der Besuch das

letzte Mal, dass er seinen Vater gesehen hatte. Obwohl es eine Szene in Rotebro zeigte, verband er es doch mit seiner Heimat.

Israel hatte ihm schon vor einer Weile geschrieben, dass das Bild in den Wirren nach dem Tod des Vaters verloren gegangen sei. Schon damals hatten sich die Herrschaften von Klastorp aufgeführt, als gehöre ihnen Nubbekullen bereits.

Am Ende haben sie ja Recht behalten, dachte Malmström resignierend.

Er ging zu einem Schrank und holte eine lederne Mappe mit Skizzen heraus. Die Zeichnungen der Vorbereitungen seiner wichtigsten Werke hatte er stets bei sich.

Am nächsten Morgen, als sein Zimmer vom Licht des Tages erhellt wurde, nahm sich August Malmström seine letzte Leinwand und begann damit, das in seinen Augen grässliche Bildnis eines merkwürdig positionierten Mannes mit Hut neben einem seltsam grün leuchtenden Glas anhand der exakten Skizzen und aus der Erinnerung mit dem Motiv zu übermalen, das ihm so viel bedeutete.

Seine Mutter, die sein außergewöhnliches Gedächtnis immer gepriesen hatte, wäre stolz auf ihn gewesen.

Ihr wollte er das Bild widmen.

Eins für seinen Vater, eins für sie.

Und er schwor, nie mehr nach Nubbekullen zu fahren.

Es regnete wie aus Eimern. Filip hatte den Ofen angefacht.
„Es hat auch was, dass deine Habseligkeiten nach und nach in Flammen aufgehen," meinte er mit Galgenhumor.
Hanna sah ihn fragend an.
„Na, du kannst dann bei mir wohnen, ich darf dich herumfahren …"
„Wahrscheinlich steckst du dahinter," meinte Hanna.
Es war schön, dass nach den Schrecken der letzten Zeit trotzdem Gelegenheit zum Lachen blieb.
„Wie schnell es geht," sagte Hanna nach einer Weile, „einen Moment nicht aufgepasst, eine falsche Entscheidung und alles ist anders."
„Das gilt aber auch für die schönen Entwicklungen. Hätte Malin nicht an diesem Tag Dienst im Heim meiner Tante gehabt, hätte sie nichts von den Bildern erfahren, dir nichts erzählt …"
„Der Flügelschlag des Schmetterlings," sagte Hanna und nickte bedächtig. „Ich mag, wie du Dinge positiv sehen kannst."
„Apropos: Ich würde Tante Gudrun gern besuchen. Hättest du Lust, mitzukommen?"
„Sehr gern. - Wir könnten auch zu Frida gehen."
„Das machen wir."

Frida hatte nur unwesentlich besser ausgesehen als Filips Tante. Filip hatte ihr vom Mörrum erzählt, vom Reiher und von einem Lachs, den er hatte springen sehen. Hanna berichtete von ihren Eltern, die seit Monaten auf Weltreise waren. Die kannte zwar Gudrun nicht, aber das war egal. Filip hoffte, es würde seine Tante entspannen und sie sich wohl fühlen, wenn eine nette Stimme zu ihr sprach. Sie verstand ja wahrscheinlich sowieso nichts. Auch Filip kannte die Eheleute Helin nicht und fragte sich, wie sie wohl wären. Nach dem Besuch im Heim in Ryd, waren sie ins Krankenhaus nach Karlshamn gefahren. Frida hatte ein, wie Filip fand, in typisch deprimierenden Krankenhausfarben gehaltenes Zimmer mit Blick auf die E22. Die Beine seiner Nachbarin waren verbunden und geschient, ein Arm war gebrochen und auch um den Kopf hatte sie einen weißen Verband. Eine blasse Wange zierte ein tiefer Riss. Filip hatte sich unwillkürlich an seine kleine Narbe gefasst, ein bleibendes Andenken an den Sturz in seinem Badezimmer.

Die Krankenschwester, eine fröhliche Vietnamesin, hatte sie gebeten, nicht allzu lange zu bleiben. Die Patientin bräuchte Ruhe. Sie hatte von einem unfreundlichen Kerl von der Polizei erzählt, der derart unverschämt aufgetreten war, dass sie dafür gesorgt hatte, dass er unverrichteter Dinge wieder abziehen musste. Nach ihrer Beschreibung konnte es sich nur um Rolf Sand handeln.

Hanna und Filip hatte der Gedanke, wie er sich dieser kleinen drahtigen Schwester hatte beugen müssen, belustigt. Andererseits waren sie natürlich auch daran interessiert, dass der Fall so schnell wie möglich aufgeklärt wurde.

Als Frida mit schwacher Stimme von dem berichtete hatte, was sie noch erinnern konnte, hatte sich Hannas und Filips schlechtes Gewissen gemeldet.

„Ihr könnt doch nichts dafür, ihr habt ja die Bombe nicht angebracht," waren ihre undeutlichen Worte gewesen, „ich hätte das Licht ja Licht sein lassen können. Oder euch Bescheid sagen, anstelle es selbst ausmachen zu wollen."

Im Wagen hatte die Innenbeleuchtung gebrannt. Der kleine Sprengsatz war unter dem Fahrersitz platziert worden, wie ihnen ein Techniker am Morgen am Telefon erzählt hatte. Er war höchstwahrscheinlich über Druck ausgelöst worden. Als Filips Nachbarin sich auf dem Polster abgestützt hatte, war es passiert.

Sie hatte unfassbares Glück gehabt.

Wenn man es denn so sagen konnte.

Sie hätte niemanden in der Nähe des Hauses oder des Wagens gesehen, meinte Frida noch, ehe sie wieder in den Schlaf gefallen war.

Auf dem Parkplatz vor dem Krankenhaus hasteten sie durch den Regen zu Filips Saab. Wie üblich dauerte es eine Weile, bis er ansprang.

„Den hätten sie in die Luft jagen sollen," meinte Hanna und erntete einen bösen Blick von Filip.

„Hör bloß auf. Ich habe jetzt jedes Mal Angst, mich reinzusetzen."

„Hier in der Öffentlichkeit wird schon nichts passieren."

Ein Mann mit einer Krücke und Gipsbein humpelte über den Parkplatz in die Notaufnahme.

„Jetzt weiß ich, woran mich Sand und sein Hinken erinnert hat," rief Filip plötzlich aus. Im selben Augenblick klingelte das Telefon.

Pernilla lächelte ihm entgegen.

„Du hast ein Foto von ihr gespeichert?" fragte Hanna ungläubig.

„Eifersüchtig?"

„Ein wenig."

„Was mache ich?"

„Annehmen."

„Das sagst ausgerechnet du?"

„Was soll das denn heißen?"

Pernilla hatte scheinbar Geduld. Es klingelte weiter.

„Nein," rief Hanna, doch es war zu spät. Filip hatten den Wagen wieder ausgeschaltet.

Er sah sie verwirrt an. „Doch nicht?"

„Hallo Pernilla," sagte Filip endlich und fragte sich, ob es sich eine Spur zu kühl anhörte.

„Hallo Filip. Schön, deine Stimme zu hören."

Filip sah Hanna fast entschuldigend an. Die lächelte. Er stellte das Telefon auf mithören.

„Ja, ebenso."

Es entstand eine kurze Pause, ehe Pernilla fortfuhr.

„Also, äh, es ist ein wenig schade, wie das mit uns gelaufen ist …," sie schien nach Worten zu suchen, ehe sie fortfuhr, nachdem Filip nicht antwortete, „also, ich rufe an, weil ihr ja von den Einbrüchen wegen Grindslanten erzählt habt."

„Ja?"

„Bei mir, also ich meine im Museum, wurde ebenfalls einge-
brochen."
„Ach," entfuhr es Hanna.
„Du bist nicht allein?" fragte Pernilla.
„Hanna ist bei mir."
„Hanna," stellte Pernilla fest und fügte hinzu: „Hallo Hanna."
„Hallo Pernilla."
„Ja, also, jemand ist in Nubbekullen eingestiegen und hat
Radierungen, Originale von August Malmström, gestohlen."
„Hat man die Täter erwischt?" fragte Filip.
„Nein. Ist auch gerade erst passiert. Und auch Grindslanten wurde
gestohlen."
„Dann war es wohl doch das Original?" meinte Filip scherzhaft.
„Wer weiß," erwiderte Pernilla, „könntest du, also ich meine, ihr,
könntet ihr nicht vorbeikommen? Ich muss euch etwas zeigen."
Filip sah Hanna an. Die zuckte mit den Schultern.
„Weißt du, Pernilla, im Moment ist es eher schlecht." Er hatte keine
Lust, ihr Details zu berichten und fuhr fort: „Ich habe einen großen
Schaden am Haus, um den ich mich kümmern muss."
„Ach je," meinte Pernilla, „aber vielleicht danach?"
„Sie lässt nicht locker," flüsterte Hanna tonlos.
„Was gibt es denn? Was willst du uns zeigen?"
„Das kann ich schlecht am Telefon erklären. Das müsst ihr sehen."

Nachdem das Telefonat beendet war, klingelte Hannas Handy. Es
war Rolf Sand, der sie ins Polizeirevier bestellte.
Auf der Fahrt dahin sprachen Hanna und Filip über das Gespräch
mit Pernilla.
„Warum zeigt sie nicht einfach, was sie hat?"
Hanna lachte: „Weil sie dich sehen, will."
„Ich muss wohl lernen, deutlicher zu werden."
„Ist das denn so?" fragte Hanna mit übermäßiger Betonung, „es ist
doch so schade, wie es mit euch gelaufen ist."
Statt einer Antwort küsste Filip Hanna, bis der Autofahrer hinter
ihnen zu hupen begann.

„Du hast das?" fragte Hanna und zeigte Filip sein eigenes Handy. „Du hast ein Foto von Sexy-Pernilla und bei meiner Nummer kommt das Haus, wo unsere Redaktion drin ist?

„Das, das," stotterte Filip, „das war ganz zu Anfang, als wir uns noch nicht kannten. Ich habe vergessen, es zu ändern."

Sie machte einen Schmollmund und stellte sich übertrieben lächelnd in Positur. „Dann wird es aber Zeit."

Hanna und Filip saßen im Garten eines Restaurants nicht weit entfernt von Malmströms Geburtshaus. Die Innenräume waren geschmackvoll im Stil des 19. Jahrhunderts eingerichtet, überall waren alte Gemälde von schwedischen Landschaften und Portraits wichtig dreinblickender Leute mit hohen weißen Krägen oder hochgesteckten Frisuren. Auf den Tischen standen echte Blumen, es gab Tischdecken und hinter dem Verkaufstresen waren Regale voller Kaffeekannen und altem Geschirr. Man saß auf Sofas und edlen Stühlen.

„Urgemütlich," fand Hanna.

Pernilla hatte kurz zuvor angerufen und sie vertröstet, da irgendwas mit ihrer Heizung nicht in Ordnung sei und sie das reparieren müsste, um am Abend warmes Wasser zu haben.

„Eine patente Frau," hatte Hanna bemerkt.

Filip hatte den Kopf geschüttelt. "Kein Interesse."

Da waren sie gerade in Nubbekullen angekommen und hatten die eingeworfene Scheibe und das Absperrband der Polizei gesehen. Der Dieb hatte die schönen Blumen vor dem Fenster zertreten und die Vasen von den Fensterbänken auf den Boden geworfen.

Pernilla hatte ihnen den Tipp mit dem Restaurant gegeben und wollte später dorthin kommen.

Dass sie jetzt in der Herbstsonne unter Apfelbäumen auf Köttbullar und Kartoffelmus warteten, hatten sie Rolf Sand zu verdanken.

Der Beamte hatte ihnen mitgeteilt, dass ein Polizeischutz, so wie Hanna und Filip ihn sich vorstellten, nicht möglich sei. Ja, wenn sie Berühmtheiten wären. Sänger. Schauspieler, Fußballer. Ansonsten könne er ihnen einen privaten Sicherheitsdienst empfehlen, der auf

Personenschutz spezialisiert sei. Die Kosten müssten natürlich sie selbst tragen.

Filip war sehr laut geworden, gebracht hatte es nichts.

„Macht doch eine schöne Reise, bis Ruhe eingekehrt ist und wir den Täter gefunden haben."

„Oder die Täterin," hatte Hanna verbessert, doch außer einem Grunzen war keine Reaktion erfolgt.

„Und wenn ihr die Tatperson," dabei konnte sie sich die Anführungszeichen in der Luft nicht verkneifen, "nicht schnappt, gehen wir als Rentnerpaar nach Spanien?" hatte Hanna ironisch gefragt, aber auch darauf gab es nur ein Achselzucken. Ob sie nicht wenigstens ein paar Tage untertauchen könnten.

Vielleicht nach Malmö?

„Oder nach Östergötland," hatte Hanna plötzlich vorgeschlagen.

Sie dachte gar nicht daran, sich einschüchtern zu lassen und aufzugeben. Oder tatenlos herumzusitzen.

„Wir sind kurz davor, das spüre ich," meinte Hanna, als die Bedienung, eine kräftige blonde Frau in ihrem Alter, das Essen brachte.

„Kurz davor umgebracht zu werden."

„Das Essen wird schon nicht vergiftet sein," sagte Hanna und wendete sich zur Frau: „Sieht super lecker aus."

„Was redest du denn da von Gift," meinte die mit schreckgeweiteten Augen. „Die Köttbullar sind unsere Spezialität und das Mus ist selbstgemacht."

„Natürlich, das war nur Scherz," versuchte Filip sie zu beruhigen, aber ihrem Gesichtsausdruck nach zu urteilen war das nicht ihre Art von Humor.

„Damit scherzt man nicht."

„Nein wirklich. Das riecht sehr lecker." Hanna nahm einen Bissen.

Es war sehr lecker.

„Seid ihr auf der Durchreise? Ich habe euch noch nie hier gesehen."

Es verloren sich nur eine Handvoll Gäste in dem Lokal. Im Garten saß außer Filip und Hanna niemand. Der Wind rauschte leise durch die Blätter, die bald von den Bäumen fallen würden.

Eine schwarze Katze schlich durch das Gras. Irgendwo blökten Schafe.

Ohne nachzudenken sagte Hanna: „Ich bin Journalistin …"

Die Frau setzte sich augenblicklich an ihren Tisch.

„Bei einem Restaurantführer?" fragte sie hoffnungsvoll. „Ich heiße Jossan. Mir gehört das Wirtshaus."

Hanna sah etwas hilfesuchend zu Filip.

„Wir sind wegen Nubbekullen hier," sagte er in Ermangelung einer anderen Idee.

„Ach so," meinte Jossan sichtlich enttäuscht, „wegen des Einbruchs."

„Nein, wir schreiben über das Leben von August Malmström," korrigierte Hanna.

Filip fand, dass sie die Frau gut in dem Glauben hätten lassen können, sie wären wegen des Diebstahls in Västra Ny, aber auch diese Begründung schien Jossan nicht weiter zu interessieren.

Sie stand auf.

„Dann lasst das mal Pernilla nicht hören," meinte sie im Weggehen. „Unsere gute Museumschefin arbeitet ja schon seit Jahren daran, die Tagebücher des ollen Malmström zu veröffentlichen."

In diesem Moment wurde Filip von einer Wespe am Auge gestochen. Es tat höllisch weh.

„Oh je, oh je. Ich hole Eiswürfel," rief Jossan und rannte in die Küche.

Als sie zurückkam, fing das Auge schon an, zuzuschwellen.

Hanna drückte den Eisbeutel vorsichtig auf die immer größer werdende Beule.

„Bist du allergisch gegen Wespenstiche?" fragte sie besorgt.

Filip schüttelte vorsichtig den Kopf.

„Jetzt setzen sie schon dressierte Insekten gegen uns ein," stellte Hanna fest.

Filip lachte gequält.

"Wo ist die Toilette, "fragte Hanna.

"Komm, ich zeige es dir," antwortet Jossan und Hanna folgte ihr in das Restaurant.

Kurz darauf hörte Filip ein Auto auf den Parkplatz fahren. Es staubte ganz herrlich. Eine Minute später trat Pernilla in den Garten. Sie sah umwerfend aus. Das Haar war hochgesteckt, durch das T-Shirt konnte man im Gegenlicht ihren mit Spitze besetzen BH erahnen und die Jeans saß hauteng.

„Du bist allein," stellte sie fest und ein Lächeln huschte über ihr Gesicht.

„Mund!" rief Hanna plötzlich, als gäbe sie einem Hund ein Zeichen,
um dann süffisant hinzuzufügen:
„Hallo Pernilla, es ist wie immer eine Wonne, dich zu sehen."

Ein kalter Ostwind wehte den Winter von Finnland her.

August Malmström war erst 2 Monate zurück in Stockholm und schon sehnte er sich nach Düsseldorf, Rom oder Paris. In seiner Erinnerung spürte er die wärmende Sonne, das Flanieren unter Platanen und die Straßencafés mit ihren Besuchern aus aller Welt.

Ein kleines Mädchen lief einem Hut hinterher, den eine Böe ihr vom Kopf geweht hatte. Malmström stoppte den Hut mit dem Fuß. Das Mädchen grinste fröhlich, bedankte sich artig mit einem Knicks und lief zurück zu seinen Eltern.

Er schüttelte die negativen Gedanken ab.

Es ging ihm doch gut

Mit einem Lächeln erinnerte er sich an Madame Trossard. Jetzt hatte er eine eigene helle Wohnung auf Riddarholmen, täglich drei Mahlzeiten und war Mitglied der Kunstakademie.

Was er nicht vermisste, war die Armut und gegen die Kälte gab es Pelzmäntel und Kachelöfen.

Seine Bilder hatten Erfolge gefeiert und ihm einen bescheidenen Wohlstand und Ehrungen eingebracht.

Der letzte Schritt zur Professur war nur eine Frage der Zeit. Oder irgendwann gar das Amt des Direktors? Wer wusste schon, was die Zukunft bringt. Sie war wie eine frische Leinwand und es lag nur an ihm, sie mit seinen Ideen und seinen Farben zu füllen.

Ihm, dem Sohn eines Kleinbauern und einfachen Handwerker aus Västra Ny.

Immer einmal wieder kamen ihm seine Eltern in den Sinn. Sie wären stolz auf ihn gewesen, da war er sich gewiss. Gerade am Vormittag hatte er an sie denken müssen. An der Kunstakademie war eine Ausstellung eröffnet worden und ausgerechnet der Maler, den er am meisten verabscheute, Gustav Brandelius, war dort mit mehreren Werken vertreten. Und eines davon zeigte einen Jungen mit einer Mütze an einem Tor mit einer Kutsche im Hintergrund. Malmström war aus allen Wolken gefallen, als er die Ähnlichkeit zu Grindslanten sah. Das Gemälde Brandelius´ wirkte wie eine Kopie. Der Junge trug sogar dieselbe Kappe. Malmström dachte wieder an die Jahre in Paris und besonders an die Zeit in Düsseldorf, wo beide gemeinsam studiert und in derselben Pension gewohnt hatten.

Malmström war fest davon überzeugt, dass sein Malerkollege die Skizzen gesehen und daraus ein eigenes Bild gemacht hatte.

Und nun klatschten die Honoratioren Stockholms diesem Plagiator Beifall und er konnte sein Werk nicht mehr präsentieren, ohne selbst als jemand zu gelten, der die Ideen anderer Maler aufgriff. Das musste er Brandelius lassen: Er hatte rechtzeitig erkannt, welches Motiv im Augenblick en vogue war.

Am Abend holte er Grindslanten aus seinem Lager und betrachtete es lange.

Deine Zeit wird kommen, dachte er.

„16 Millionen Kronen. So viel hat Curt Wrigfors 1991 für Grindslanten bezahlt," sagte Pernilla und schloss ihre Strickjacke, die sie inzwischen über ihr offenherziges T-Shirt angezogen hatte. Vielleicht hatte sie eingesehen, dass ihre Aufmachung ihr nicht zum gewünschten Erfolg verhalf.

Oder es war ihr einfach nur kalt. Der Abend hatte sich wie ein schöner, aber frischer Herbsttag angefühlt.

„Wer ist Curt Wrigfors?" fragte Filip. Sein Augenlid war grotesk angeschwollen. Als hätte er an einem Boxkampf teilgenommen.

Pernilla öffnete den Mund, doch ehe sie etwas sagen konnte, meldete sich Hanna zu Wort.

„Wrigfors ist ein Unternehmer. Haus- und Wohnungsbau. Er stammt sogar aus der Gegend. Aus Sund."

Pernilla sah sie an, als ob die Streberin der Klasse ihr den großen Auftritt vor der Lehrerin genommen hatte.

„Und du meinst, dass dieses Bild nun in deinem Museum hing?" Hanna guckte zweifelnd.

„Womöglich, ja. Es wurde später anonym verkauft, als Wrigfors in finanzielle Schwierigkeiten geriet."

Sie machte eine Pause, um dann hinzuzufügen: „Wer weiß, ob er das nicht alles nur fingiert hat, um Werte vor der Steuer zu verstecken."

„Und dann parkte er Grindslanten in deinem Museum?" fragte Filip.

„Könnte doch sein."

„Und er hat es nun auch gestohlen? Warum? Wer sollte es gewusst haben?"

„Er muss ja nicht persönlich eingebrochen haben. Oder er hat sich verplappert. Das soll vorkommen. Ihr solltet ihn einmal befragen."

Filip sah, dass Hanna sich freute, Tipps ausgerechnet von Pernilla zu bekommen.

„Oder seid ihr schon weitergekommen mit euren Ermittlungen wegen der Einbrüche?" fragte die beiläufig und hob ein leeres Glas in die Höhe.

„Ja, wir sind auf gutem Weg," meinte Hanna. Das war zwar übertrieben, aber Filip verstand, was sie meinte, denn die Anschläge waren der Beleg dafür. Außerdem dürfte Hanna keine große Lust haben, Pernilla zu gestehen, dass sie immer noch im Dunkeln tappten was den Grund für die Einbrüche anging.

Jossan trat an ihren Tisch.

„Kann ich euch noch etwas Gutes tun?" fragte sie fröhlich und wischte mit einem Tuch über die Tischplatte.

Pernilla bestellte Wein und frisches Brot.

„Für mich bitte nichts mit Alkohol," wand Filip ein und zeigte auf seinen Autoschlüssel.

Jossan schlug alkoholfreien Cider vor. „Den macht ein Onkel von mir."

Plötzlich bemerkte Filip, wie eine Veränderung über Hannas Gesicht huschte.

„Apropos verplappert," meinte sie kurz darauf, „Jossan hat vorhin erzählt, dass du die Tagebücher von August Malmström besitzt und planst, daraus ein Buch zu machen?"

Für einen winzigen Augenblick entglitten Pernillas Gesichtszüge, doch rasch fasste sie sich und winkte ab.

„Ach, die gute Jossan redet gern mal. Das ist nur so eine vage Idee. Ich bin ja auch gar keine Schriftstellerin." Sie zeigte auf Hanna. „Oder so eine begnadete Journalistin wie du."

Dick aufgetragen, fand Filip und drückte ein Coolpack auf sein Auge. Er war müde.

„Was genau wolltest du uns denn jetzt zeigen," wollte er von Pernilla wissen. So langsam wurde es Zeit, an den Nachhauseweg zu denken. Auch wenn ihn jeder Kilometer in Richtung irgendwelcher Verrückten, die Autobomben bastelten, stärker beunruhigte.

„Dafür müssen wir nach Nubbekullen," erwiderte Pernilla und rief erneut nach Jossan.

Der Direktor der königlichen Kunsthochschule hatte darauf bestanden, die Laudatio auf August Malmström zu halten. Wenn mein möglicher Nachfolger seine Kunst in unseren ehrwürdigen Hallen dem Publikum präsentiert, ist es nur angemessen, wenn ich die einleitenden Worte spreche, hatte er gesagt und den Worten Taten folgen lassen. Oder Worte, wenn man es so sah. Er lobte Malmströms einzigartigen Bildaufbau, sein Gespür für Farben, Perspektive und wie er den Betrachter durch das Bild führt. Malmström hatte verlegen das Haupt gesenkt.

Als er in seine Wohnung zurückkehrte, war schon die Morgenröte im Osten zu erahnen, aber Malmström war hellwach. Er nahm in seinem Lieblingssessel Platz, stopfte sich eine Pfeife mit seinem besten Tabak und ließ den Abend Revue passieren.

Er hatte die vielen Besucher gar nicht zählen können, aber gehört, dass sogar jemand aus dem königlichen Schloss, wenn auch inkognito, anwesend gewesen wäre. Zu seiner Überraschung hatte sich Grindslanten als größter Erfolg herausgestellt. Malmström hatte lange mit sich gerungen, ob er das Bild veröffentlichen sollte, aber seit Brandelius mit seiner Version reüssiert hatte, waren Jahre vergangen. Das Sujet hatte erneut an Interesse gewonnen und als auch der Direktor auf die Ausstellung des Werkes bestand, hatte Malmström natürlich zugestimmt.

Dass ich es schon vor Jahren gemalt habe, geht niemanden etwas an, dachte er und genoss den würzigen Tabak, der ihm aus Paris zugesandt worden war. Wie gut, dass er Bilder selten signierte.

Noch am Abend in der Akademie hatte der Direktor Malmström zur Seite genommen und ihm einen Herrn vorgestellt, der das Bild unbedingt kaufen wollte, da es ihn an seine Jugend auf dem Lande erinnerte. Malmström hatte zunächst gezögert, schließlich hatte er es seiner Mutter gewidmet, doch als die Summe genannt wurde und Malmström erfuhr, dass der Herr von Adel war, besiegelte er den Verkauf. Gleich nach Abschluss der Ausstellung würde Graf av Berg das Bild von seinen Bediensteten abholen lassen.

Malmström legte seine Pfeife zur Seite und entnahm einer Schublade seines Eschenholzsekretärs sein Tagebuch. Demnächst würde wieder ein neues fällig werden, dachte er und betrachtete die

Sammlung der schmalen Hefte, die aufgereiht in einem Regal standen. Er erhob sich aus dem Sessel und suchte das Heft aus den Jahren in Paris heraus. Es war schwer zu lesen, wunderte er sich. Ein Maler mit der Schrift eines Bauern, dachte er und las von den Abenden im Café Guerbois, von Madame Trossard, von Felix, der keinen geringen Anteil an Malmströms Erfolgen als Porzellanmaler hatte und auch von Eddi, dessen alte unbrauchbare Leinwand nun in der Kunstakademie zu Stockholm hing. Malmström las von Cassoulet und Absinth und fast vermeinte er das Rattern der Kutschen auf dem Pflaster von Paris zu hören, als er mit dem Stift in der Hand über dem Tagebuch und den Einträgen des schönsten Tages seiner künstlerischen Laufbahn einschlief.

„Wenn Pernilla vor uns herfährt, springt sogar dein Saab an," meinte Hanna.

Filip lächelte. Aus irgendeinem Grund gefiel ihm das kleine Spiel zwischen ihm und ihr.

„Pernilla macht es ja spannend," meinte sie und gähnte herzhaft, „was meinst du, was sie uns zeigen will?"

„Ich denke es geht um Skizzen."

Sie parkten auf dem Platz vor dem Schild „Nubbekullen" und folgten Pernilla in das kleine Haus mit der großen Geschichte. Sie hinkte stärker als beim letzten Mal. Das Flatterband der Polizei raschelte im Wind. In der Ferne bellte ein Hund. Ein anderer Hund schien zu antworten.

„Immer hereinspaziert," rief Pernilla wie eine Schaustellerin auf dem Jahrmarkt.

Das einst gepflegte Wohnzimmer der Malmströms sah aus wie ein Schlachtfeld. Die Zeichnungen, Bücher und Malutensilien, die auf dem Esstisch ausgestellt worden waren, hatten die Diebe achtlos auf dem Boden verteilt. Bilder waren von der Wand gerissen worden und die Scherben weißer Blumentöpfe lagen neben langsam welkenden Geranien. Über dem Sofa sah man einen rechteckigen hellen Fleck auf der Tapete.

„Ich räume morgen auf," entschuldigte sich Pernilla.

Hanna winkte ab. „Ist es in Ordnung, wenn ich ein paar Fotos mache?"

Pernilla nickte. „Aber ohne, dass man mich sieht. Ich sehe schrecklich aus."

Die Übertreibung des Jahres, dachte Filip.

„Wenn ihr so nah an der Lösung seid, braucht ihr das wahrscheinlich gar nicht mehr," meinte Pernilla und holte eine braune Mappe aus Leder hervor. „Ich weiß natürlich auch gar nicht, ob euch das überhaupt hilft."

Sie öffnete die Verschnürung und legte eine Reihe von Skizzen auf den Tisch. Die Nähe zu Grindslanten war unübersehbar. Eine Straße, die ins Nichts ging. Dieselbe Straße mit einer Kutsche. Das Portrait eines barfüßigen Jungen, einmal mit, einmal ohne Mütze. Studien von Mädchen in blauen Kleidern.

Filip musste Pernillas letzten Worten im Geiste zustimmen. Es war beeindruckend, die Skizzen in Händen zu halten, die August Malmström vor über hundert Jahren angefertigt hatte. Doch wie ihnen das helfen sollte zu erfahren, wer bei ihm und den anderen Sammlern eingebrochen hatte, und warum, wusste Filip beim besten Willen nicht.

Hanna gähnte wieder ungeniert und auch Filip war müde. Es waren aufregende Tage gewesen, die ihren Tribut forderten.

Pernilla fixierte ihn.

„Es ist ein langer Weg nach Hause," sagte sie nach kurzem Nachdenken. „Was haltet ihr davon, hier zu schlafen? Ihr wirkt sehr erschöpft." Sie zeigte auf ihr Bein. „Oder ist es das Wetter? Ich kenne das. Seit dem Unfall bin ich sehr wetterfühlig. Heute ist es ganz schlimm."

Filip erinnerte sich, dass sie vorhin stärker als bei ihrem letzten Besuch ihr Bein nachgezogen hatte.

„Was meint ihr? Die Grindslanten-Detektive übernachten im Haus von August Malmström himself."

„Hier?" fragte Hanna ungläubig und sah sich um.

Pernilla lachte. „Natürlich nicht hier. Der eine Schuppen hat ein recht bequemes Bett. Ich übernachte da manchmal, wenn ich keine Lust mehr auf die Heimfahrt habe. Außerdem wartet ja zu Hause niemand auf mich."

Hanna wirkte noch nicht überzeugt, aber Filip gefiel der Gedanke zusehends. Der Schrecken des Sekundenschlafs kürzlich auf der Autobahn steckte noch allzu deutlich in ihm. Und auch Hanna wirkte nicht so, als könne sie die ganze Strecke nach Hause fahren. Zudem hatte sie Wein getrunken.

„Rolf würde es gefallen," meinte Filip.

Pernilla sah ihn fragend an.

„Ein Freund bei der Polizei, erklärte er.

„Dann ist das gebongt," rief Pernilla aus und klatschte in die Hände, „ich zeige euch das Zimmer und dann erzählt ihr mir, was ihr so erlebt habt in letzter Zeit."

Sie wies auf einen Korb zu ihren Füßen. „Jossan hat mir den Wein und das Brot mitgegeben." Sie schenkte Filip ein breites Lächeln. „Und den Cider für den Herrn."

Hanna nickte. „Vielleicht hast du Recht. Es ist spät. Aber bevor wir dir von unseren Fortschritten berichten, musst du uns von den Tagebüchern erzählen. Das hat mich sehr neugierig gemacht."
Pernilla lächelte freundlich. „Aber klar. Vorher zeige ich euch das Zimmer und ihr könnt euch einrichten. Es ist natürlich nicht das Ritz oder Hilton, aber sauber und ruhig."
Bei der Erwähnung des Hotel Ritz klingelte etwas bei Filip. Befand sich das nicht in Paris? War es das? Er konnte den Gedanken nicht fassen.
Auf dem Weg zur Hütte mit dem Schlafraum bot Pernilla Filip an, seinen Wagen in der Garage zu parken. Als ahne sie seine Gedanken, denn er hatte gar keine Garage bemerkt, meinte sie: „Gegenüber, ziemlich eingewachsen. Da steht der Rasenmäher drin, aber dein Saab ist ja klein. Wir haben ein Marderproblem hier und …," sie machte eine verschwörerische Geste, „das Zimmer ist nur halb legal. Wahrscheinlich sieht das keiner, aber sicher ist sicher, denn eigentlich darf hier niemand übernachten. Entspricht nicht den Nutzungsvoraussetzungen und dem Brandschutz."

Der Schlafraum war schlicht und sauber. Ein Doppelbett, zwei Kissen, eine Decke. Holzfußboden mit Flickenteppichen. An den Wänden Gemälde von Malmström und ein paar Fotografien der Umgebung im Winter. Neben dem Fenster eine kleine Pantry. Als Hanna gerade dabei war, die Betten vorzubereiten, kam Filip in das Zimmer.
„Nett und einfach," stellte er fest und half Hanna bei der riesigen Bettdecke.
„Zwei Kissen," meinte sie vielsagend. „So viel zu den Nutzungsvoraussetzungen."
„Schön groß," sagte er beim Blick auf die Decke, „riesig, da können wir prima kuscheln."
„Mache dir keine Hoffnung," stellte Hanna mit gespieltem Ernst klar, „Pernilla kommt nicht mit drunter."
Statt einer weiteren Erwiderung schubste Filip sie aufs Bett und gab ihr einen Kuss, den sie leidenschaftlich erwiderte.
Es klopfte und die Tür öffnete sich.
Pernilla.
„Störe ich?" fragte sie.

Ja, sah man Hanna an, doch sie antwortete: „Nein, alles gut, wir wollten gerade rüberkommen."

Filip dachte, dass er etwas ganz anderes wollte, behielt es aber doch lieber für sich.

Sie folgten Pernilla zurück ins Haupthaus.

„Wo ist die Toilette?" fragte Hanna.

„Den Luxus eines WCs im Haus kann ich leider nicht bieten. Da ist aber ein Plumpsklo am Waldrand, über den Rasen hinter dem Haus," bekam sie als Antwort zurück und Filip vermeinte, eine Schadenfreude in Pernillas Antwort zu hören.

„Ach, überhaupt kein Problem. Das kenne ich von zu Hause vom Land," flötete Hanna zurück.

Sie setzten sich an den Tisch.

„Ein toller Rasenmäher steht in der Garage," sagte er, „Husqvarna. Fast selbst ein Museumsstück."

„Sieht besser aus, als er funktioniert," meinte Pernilla und stellte den Wein auf den Tisch, „der springt nie an."

„Kenne ich," meinte Hanna.

„Und was sind das für Schläuche?" wollte Filip wissen, „brennst du Schnaps?"

Pernilla lachte. „Gute Idee. Aber nein. Nach dem vielen Regen in diesem Jahr stand immer alles unter Wasser. Da kommen eine bessere Drainage und Abläufe hin."

Hanna griff nach einer Scheibe Brot.

„Um einmal aufs Thema zurück zu kommen," sagte sie ungeduldig, „die Tagebücher. Du hattest bei unserem ersten Besuch gesagt, dass Malmström nichts Schriftliches hinterlassen habe."

Pernilla kniff kurz die Augen zusammen. „Diese Tagebücher lassen dir wohl keine Ruhe," meinte sie herausfordernd.

Nächste Runde, dachte Filip.

„So ist es. Sonst könnte man glauben, du verheimlichst uns etwas." Hanna nahm die Herausforderung an. Filip fragte sich, ob Hanna schon etwas beschwipst war.

„Also gut," sagte Pernilla und schenkte ihnen von dem ausgezeichneten Wein Jossans ein.

Filip freute sich, nicht mehr fahren zu müssen. Er würde Jossan um ein paar Flaschen bitten.

Pernilla stand auf, ging zu einem Schrank und entnahm ihm ein gebundenes Paket von braunen Heften.

Sie knallte ihn recht heftig vor Hanna auf den Tisch und sagte spitz:
„Hier, damit du nicht dumm stirbst.“
Filip hob die Augenbrauen und versuchte, die sichtlich angespannte
Atmosphäre zu lockern.
„Auf August Malmström,“ rief er aus und hob sein Glas, „der Wein
hätte ihm bestimmt gemundet.“
„Ich finde ihn etwas seifig,“ kommentierte Hanna schmallippig.

Filip hörte Hanna schnarchen. Ihm war furchtbar schlecht und er verfluchte, Wein getrunken zu haben. Er hätte es besser wissen müssen. Rotwein hatte er noch nie vertragen.

Filip konnte sich nicht erinnern, wie er ins Bett gekommen war. Verdammter Alkohol. Das Bett war auch bei weitem nicht so bequem, wie es ausgesehen hatte. Sein Rücken schmerzte. Außerdem war ihm kalt. Er griff nach der Decke.

Oder: Filip versuchte, nach der Decke zu greifen, denn aus ihm unerklärlichen Grund konnte er seine Hände nicht bewegen. Dann wollte er aufstehen, aber auch das misslang. Etwas hielt seine Füße zusammen.

Was war los? Eine leichte Panik kam in ihm auf und er zerrte und zog. Etwas schnitt schmerzhaft in seine Handgelenke.

„Hanna?" fragte er und wiederholte es lauter, als sie nicht reagierte: „Hanna! Hanna!"

Die Panik verstärkte seine Übelkeit und er erbrach sich. Gedanken rasten durch seinen Kopf. Was stimmte nicht mit ihm?

Plötzlich hörte Filip ein leises Quietschen und etwas Licht drang zu ihm vor. Augenblicklich erkannte Filip, wo er war.

Die Beifahrertür seines Saabs wurde geöffnet und eine Frauenstimme sagte mit harter Stimme: „Du bist schon wach. Auch gut."

Filip drehte sich nach rechts und sah Pernilla hinter Hanna in der Tür.

„Was **soll das, Pernilla,** mache uns los."

„Es war schwer genug, euch hier reinzubekommen," erwiderte sie und fügte mit süßlicher Stimme hinzu: „Wenn ich dich dann schon mal für mich habe, gebe ich dich doch nicht wieder frei."

„Mach uns los."

Pernilla ignorierte ihn und fragte stattdessen: „Was ist mit dieser Scheißkarre? Warum bekomme ich sie nicht an?"

„Wo willst du denn hin mit uns?"

„Ich will nirgendwo hin."

Filip kämpfte weiter mit seinen Fesseln.

Pernilla grinste. „Kabelbinder. Kannst du vergessen."

Sie schaute über Filip hinweg zur Seitenscheibe. Er folgte ihrem Blick. Das Fenster war teilweise heruntergekurbelt und ein Stück

Schlauch steckte darin fest. Die Öffnung war mit Klebeband verschlossen worden. Schlagartig wurde ihm klar, was Pernilla vorhatte.

„Pernilla, bitte. Ich flehe dich an. Ich tue …"

Sie lachte bitter. „Du tust alles was ich will? Das hättest du dir früher überlegen sollen."

„Dann lass bitte wenigstens Hanna frei. Sie hat dir nichts getan."

„Oh, ganz der edle Ritter. Immerhin dürft ihr gemeinsam gehen. Ist doch lieb von mir."

Sie strich ihm über die Wange.

„Nun, sage schon, wie bekomme ich den Wagen an?"

„Wir haben doch gesagt, er ist kaputt und springt bei uns auch oft nicht an."

„Du lügst," schrie sie ihn an und griff Hanna an den Hals, „soll ich?" Filip zappelte wie verrückt, das Handgelenk schmerzte und er vermeinte, Blut zu spüren.

„Bitte Pernilla, es geht wirklich nicht."

Sie drehte erneut den Zündschlüssel, aber der Wagen bleib stumm.

„Verdammt. Verdammt. Verdammt," stieß Pernilla hervor und ging zu einer Werkbank.

Filip versuchte weiter, die Hände aus dem Kabelbinder zu ziehen. Sie waren an den Stahlrohren der Sitze fixiert. Er atmete mehrfach tief ein und aus und konzentrierte sich darauf, die Panik in irgendetwas Konstruktives zu verändern.

Flehen schien nichts zu helfen und Pernilla wäre bestimmt auch nicht mehr bereit ihm zu glauben, wenn er plötzlich seine Liebe für sie offenbaren würde. Einen Deal konnte er mangels Verhandlungsmasse ebenso wenig anbieten.

Ich muss sie ins Gespräch verwickeln, um Zeit zu gewinnen, dachte Filip. Er hatte keine Ahnung, ob es bei Pernilla funktionieren würde. Seine ganze Erfahrung solcher Situationen bestand aus Krimis im Fernsehen. Wie oft hatte er sich geärgert, wenn der Bösewicht nicht einfach abdrückte, sondern seine ganze Lebensgeschichte vor dem potentiellen Opfer darlegen musste. Jetzt würde er gerne sehr ausführlich wissen, warum Pernilla zu dem geworden war, als das sie sich jetzt entpuppte.

Wenn auch Hanna nur endlich wach werden würde. Vielleicht hatte sie eine Idee oder ihre Fesseln waren nicht so fest wie seine.

„Warum so?" fragte Filip, „keiner wird glauben, dass wir uns umgebracht haben."

Pernilla sah ihn lange an. Hanna schmatzte leicht im Schlaf. „Allein schon die Fesseln."

„Ach Filip, die Menschen glauben, was sie glauben wollen. Es gibt einen schönen Abschiedsbrief. Hanna kann toll formulieren. Die Anschläge, die Angst, es war zu viel. Und die Fesseln habt ihr euch selbst angebracht, damit ihr es nicht im letzten Moment anders überlegt."

„Damit kommst du doch nie durch," erwiderte Filip, der langsam wieder klarer denken konnte, „wie sollen wir denn den letzten Kabelbinder befestigt haben?"

Hanna stöhnte leise.

Pernilla sah ihn boshaft an.

Er sollte doch etwas länger nachdenken, was er sagte. Sie nicht weiter reizen. Ihre Fehler sollten nicht sein Problem sein, sondern vielmehr zu einer Lösung führen.

„Ach, die Prinzessin wird auch langsam wach. Mit den KO-Tropfen muss ich wohl noch üben."

„Warum Autoabgase?" wollte Filip wissen.

„Es soll ein relativ schmerzloser Tod sein," meinte Pernilla, „da siehst du mal, wie gut ich bin."

Filip fragte sich, ob sie langsam den Verstand verlor.

„Ich hatte mich schlau gemacht. Damals, nach meinem Unfall."

Plötzlich beugte sie sich über Hanna und kam ganz dicht an Filip heran, so dass er ihren Atem roch.

„Weißt du wie sich das anfüllt, wenn von einem Tag zum anderen alles zusammenbricht? Wenn dich die Leute ansehen, als hättest du eine ansteckende Krankheit? Da kommt Pernilla, die war mal berühmt und attraktiv, aber jetzt ist sie nur noch ein Krüppel."

„Du bist wunderschön," meinte Filip.

„Frage doch mal meinen Ex-Mann. Und den Freund danach. Und auch du wolltest mich nicht, sondern hast lieber diese kleine Wollmütze hier gefickt."

Sie ist eindeutig verrückt, dachte er.

„Ich war so kurz …," dabei zeiget sie mit Daumen und Zeigefinger, „… so kurz davor, mir das Leben zu nehmen. Damals."

Hättest du bloß, dachte Filip unwillkürlich.

Sie fuhr fort und schien durch ihn hindurch zu sehen. „Und dann kam die Beschäftigung mit Nubbekullen. Am Anfang war es nur eine Ablenkung. Mein Therapeut hatte vorgeschlagen, dass ich mich engagieren sollte, ein Hobby aufbauen."

Filip blickte aus den Augenwinkeln auf Hanna. Sie war wach und zwinkerte ihm zu, bewegt sich aber nicht. Auch wenn nichts gewonnen war, fiel ihm ein Stein vom Herzen.

Pernilla erzählte weiter, fast automatisch. „Was hatte ich mit August Malmström am Hut? Aber tatsächlich brachte es mich auf andere Gedanken, wie lächerlich klein es auch ist."

Filip hörte gar nicht richtig zu, sondern überlegte fieberhaft, wie er Hanna und sich aus der Situation retten konnte. Er bemerkte aber auch, dass er seine Gedanken nur schwer fassen, sie kaum in eine bestimmte Richtung lenken konnte. Sie kamen und gingen und er fragte sich, ob das Nachwirkungen der KO-Tropfen waren. So kam ihm in einem Augenblick in den Sinn, dass er ein **winziges Schweizer Messer** im Handschuhfach hatte und ganz plötzlich sagte er sich, dass ihm doch schon eher Warnsignale hatten auffallen müssen. Zeichen. Hinweise. Wieso war Pernilla, ganz selbstverständlich, nach Åkeholm gekommen? Woher kannte sie sein Haus? Sie hätte nach Malmö gefahren sein müssen. Dann dachte er an seine Nachbarin, Frida, um sich ganz plötzlich an Jocke, von Trollets Loppis in Malmö zu erinnern, dass der Einbrecher gehumpelt hatte. Oder die Einbrecherin, wie Filip jetzt vermutete.

„Und dann habe ich mit allerlei Skizzen aus einem Nachlass die Tagebücher bekommen. Auch so ein Trottel. Ein Gutmensch. Schenkt dem Museum die Tagebücher, damit sie für die Nachwelt erhalten bleiben. Ohne sie wirklich gelesen zu haben."

Unvermittelt tätschelte sie Filips Wange. „He, hörst du mir überhaupt zu?"

Filip nickte beflissen. „Ja, klar. Tagebücher."

Er fragte sich, wann es bei Pernilla gekippt war. Als sie das Museum übernommen hatte, war sie bestimmt noch von einer Art Enthusiasmus angetrieben worden. Wann hatte Verbitterung über ihre positive Energie gesiegt?

Filip spürte, wie Hanna ganz vorsichtig, mit langsamen Bewegungen, damit Pernilla es nicht merkte, an ihren Fesseln rieb.

„Das war eine Qual, kann ich dir sagen." Pernilla stöhnte bei der Erinnerung auf. „Eine Klaue hatte der. Hätte Arzt werden können. Aber dann wurde mir klar, was für einen Schatz ich in den Händen hielt."

Ohne es zu wollen, er hatte doch ganz andere Probleme, war Filip gespannt, was sie meinte. Weiter lief Blut von seinem Handgelenk, das konnte er nun ganz deutlich spüren und die unnatürliche Fixierung im Fahrersitz schmerzte in den Schultern. Außerdem musste er zur Toilette.

„Ich muss mal."

Pernilla lachte.

„Bitte!"

„Mach in die Hose. Ist nun auch egal."

Filip fragte sich, was sie vorhatte. Der fingierte Selbstmord schien dank seines unzuverlässigen Autos vom Tisch zu sein, doch die Alternative war offensichtlich nicht besser.

Zeit. Er musste weiter Zeit gewinnen.

„Was stand denn in den Tagebüchern?" fragte er. „Wo Malmström einen Schatz versteckt hat?"

Pernilla lachte humorlos auf. „So in etwa. Der Holzkopf hatte in Paris einen Maler kennengelernt, der ihm eine bemalte Leinwand geschenkt hatte, weil das Gemälde nichts geworden war. Und da hat der dumme August Grindslanten drüber gemalt. Seine zweite Version."

„Und die ist jetzt bei irgendeinem Sammler hier in Schweden?"

„Was für ein Blitzmerker du doch bist. Ganz anders als Malmström. Der wusste nicht einmal, wie sein Malerkollege hieß. Später hat er den Schinken, der damals schon aus der Mode gekommen war, an einen Grafen verkauft."

„Wer war der Maler?" fragte Filip.

„Edouard Manet. Ich habe das recherchiert. Er wurde Eddi genannt und trieb sich in denselben Cafés herum wie Malmström. Und er trank Absinth und eines seiner berühmtesten Gemälde heißt?" fragte sie wie in der Schule.

„Der Absinth-Trinker," beantwortete Pernilla die Frage selbst, als Filip still blieb.

„Ein unbekannter Manet," sagte sie, „er ist heute Millionen wert."

Manet. Monet. Filip kam immer durcheinander, wer von beiden aus welcher künstlerischen Richtung kam, aber er konnte sich gut vorstellen, dass Museen oder irgendwelche verrückten Sammler dafür einen hohen Betrag zahlen würden.

„Mit dem Geld hätte ich ausgesorgt," stellte sie bitter fest, „aber ihr musstet euch ja einmischen. Ich gehe nach Südamerika. Da ist es immer warm und mein Bein schmerzt nicht so."

Filip musste an seine Mutter denken.

„Meine Warnungen habt ihr ja ignoriert."

Da hatte sie irgendwie Recht.

„Und wo ist das Bild?"

„Willst du mich verarschen?" schrie Pernilla ihn unvermittelt an, „natürlich habe ich es noch nicht. Durch euch wurde alles komplizierter. Sogar die Polizei ermittelt wieder wegen des tatterigen Auktionators."

Filip fragte sich, woher sie das wusste. Sie schien gute Quellen zu haben. Jetzt musste er an Hannas Kontakte bei der Polizei denken. Seine Gedanken sprangen immer noch.

Hanna.

Er würde es sich nie verzeihen, wenn er überleben würde und sie nicht. Warum waren sie nicht in den Urlaub geflogen, wie Rolf Sand vorgeschlagen hatte?

„Du hast Nordensvan …?"

„Ich habe gar nichts. Was kann ich dafür, wenn er ein schwaches Herz hat."

„Du hast ihn gefoltert."

Pernilla kam ihm bedrohlich näher und wieder verfluchte Filip sich. Vorsichtig bleiben.

„Warum wollte er mir nicht einfach sagen, wem er Bilder verkauft hat? Warum? Sturer Bock."

„Warum er?"

„Das Tagebuch. Malmström hatte geschrieben, dass sein Bild an einen Grafen gegangen war. Johannes av Berg."

Plötzlich ging Filip ein Licht auf.

„So habe ich auch geguckt, als es mir klar wurde," vernahm er Pernilla. „Ich habe mich mit der Geschichte der Familie vertraut gemacht. Seit Malmströms Zeiten war es bergab gegangen mit den Bergs …," sie lachte über ihren Wortwitz, „aber die Kunst hatten sie behalten. Und da der letzte av Berg einen Tick mit den Grindslantens hatte und die Community nicht sehr groß ist, jeder kennt jeden …"

Ein neuer Gedanke schoss Filip durch den Kopf.

„Kanntest du meinen Onkel? Du bist früher schon mal in seinem Haus gewesen?“

Ein Lächeln huschte Pernilla über das Gesicht, doch es erreicht ihre Mundwinkel nicht.

„Jeder kennt fast jeden. Tatsächlich war Lars einer der wenigen Sammler, von denen ich noch nie gehört hatte. Auf ihn hat mich erst deine kleine Freundin hier aufmerksam gemacht.“

In diesem Moment entfuhr Hanna ein kleiner Laut des Schmerzes, als sie beim Reiben der fixierten Hände an einem scharfkantigen Metall des Sitzes hängengeblieben war.

„Ah, wie aufs Stichwort,“ stellte Pernilla fest, „so langsam muss ich die Plauderstunde wohl beenden.“

„Sie steht wohl nicht so auf mich," flüsterte Hanna.

„Wie geht es dir?" flüsterte Filip zurück. Pernilla hatte die Garage verlassen. Bei geschlossener Tür war es in dem abgedichteten Raum stockdunkel.

„Ganz wunderbar," stellte sie trocken fest, „halt mich zurück, wenn ich nächstes Mal Wein trinken will."

Filip lächelte in die Dunkelheit.

Gut, dass sie ihren Humor nicht verlor. Besser das, als ergebene Verzweiflung.

„Was ist passiert?" fragte Hanna, „mir ist schlecht."

„Nachwirkungen von KO-Tropfen, denke ich."

„Was sind wir blöd gewesen."

„Ja, stimmt, aber nun müssen wir sehen, wie wir hier rauskommen."

„Was hat sie vor?"

Filip erzählte Hanna in kurzen Zügen von Pernillas Selbstmordfingierung.

„Sie ist total verrückt," stellte Hanna fest, „aber warum bringt sie uns nicht einfach um und vergräbt uns im Wald?"

„Du hast es ja gesagt: Sie denkt nicht mehr rational. Jedenfalls was uns angeht. Es ist, zumindest habe ich das kürzlich gelesen, auch nicht so einfach, jemanden direkt umzubringen. Auge in Auge, sozusagen."

„Wärst du bloß mit ihr ins **Bett gegangen**."

Ausnahmsweise ignorierte Filip den Scherz.

„Kannst du dich losmachen?" fragte er stattdessen. Er hatte sich die Handgelenke bis aufs Blut gescheuert, hing aber noch fest wie zuvor.

„Ich versuche es ja."

„Wenn wir an das Handschuhfach kommen könnten. Da ist ein Messer drin."

„Keine Chance," erwiderte Hanna resigniert.

„Pst, sie kommt."

„Dann wollen wir mal, ihr beiden Hübschen."

„Was hast du vor," fragte Hanna, doch Pernilla antwortete nicht. Sie trug eine Stirnlampe, dessen Strahl durch den Raum zuckte und wie in einem Musikvideo kurze Momente aufblitzen ließ. Werkzeug, Kanister, Kisten, Flaschen.

Sie hatte einen Karton mitgebracht.

„Bitte, Pernilla, lass uns frei. Noch hast du niemanden umgebracht," versuchte es Filip, „wie du gesagt hast, Nordensvan hatte ein schwaches Herz."

„Ich gehe nicht ins Gefängnis."

„Wir lassen dir Vorsprung!" schlug Hanna vor.

„Mit dir rede ich nicht."

Kurz flackerte ein Feuerzeug auf.

Filip kam unvermittelt seine Nachbarin in den Sinn, Hannas Suzuki. Die Autobombe.

„Du hast dann auch den Molotow-Cocktail in meine Wohnung geworfen und die Autobombe gelegt!"

Hanna formulierte es nicht als Frage und Pernilla antwortete nicht.

Sie rumorte auf der Werkbank herum, fluchte gelegentlich leise. Es klapperte.

„Woher kannst du sowas?" fragte Filip.

„Schon mal was vom Internet gehört?" gab sie zurück, „und vom Darknet?"

Dann schien Pernilla fertig zu sein. Sie schaute kurz in den Wagen, blendete Filip mit ihrer Stirnlampe und sagte: „Schade. Du weißt nicht, was du verpasst hast."

Sie würdigte Hanna keines Blickes, schloss die Autotür und verließ die Garage.

„Konntest du erkennen, was sie gemacht hat?" fragte Filip und beugte den Kopf zur Seite.

„Nein, leider."

Sie rüttelte an Armen und Beinen.

„Meine Hände sind am Rahmen des Sitzes fixiert. Keine Chance, das ist gute alte schwedische Wertarbeit. Das habe ich auch schon versucht."

„Meinst du es ist eine Bombe?" fragte Hanna.

Dieselbe Vermutung hatte Filip, wollte sie aber nicht aussprechen.

„Die müsste dann aber mit Zeitzünder sein. Kann sie das?"

„Im Internet gibt es alles, du hast sie ja gehört."

Langsam bahnte sich Panik durch das Gefühl der Ausweglosigkeit.

„Als die Tür noch offen war, meinte ich, etwas gerochen zu haben. Spiritus oder Waschbenzin."

„Solche Flaschen habe ich bemerkt. Aber ich sehe kein Feuer."

Sie schwiegen eine Weile, eigenen Gedanken nachhängend.

In der Ferne meinte Filip ein Auto zu hören. Wenn nur jemand vorbeikäme.

Dann würde er auch nur die verschlossene Garage sehen, beraubte er sich selbst der Hoffnung.

„Da ist ein Licht," meinte Hanna plötzlich.

Filip sah nichts, begann aber laut um Hilfe zu rufen, bis sie ihn stoppte.

„Nicht draußen. Ich kann es nicht richtig erkennen. Ein schwacher roter Schein. Ganz schwach."

Seine Hoffnung verschwand so schnell, wie sie gekommen war. Dieses Auf- und Ab.

„Feuer?"

„Sieht nicht so aus."

„Was ist mit deinen Fesseln?" fragte Filip. Er drehte und zog weiter an dem Kabelbinder um seine Handgelenke. Es war frustrierend, nicht zu erkennen, ob das außer zu Blutverlust auch zu einer Verbesserung der Lage führen würde.

„Bisher nichts, aber ich bin eben an etwas Scharfkantigem hängen geblieben. Ich versuche es weiter."

Wieder auf. Etwas Hoffnung.

„Hanna?"

„Ja?"

„Ich liebe dich und es tut mir unendlich leid."

„Was tut dir leid? Ich bin es doch, die dich in die Sache reingezogen hat. Ich liebe dich auch, wie ich noch nie jemanden geliebt habe. Und weil es so ist, werden wir es auch schaffen."

Die nächsten Minuten versuchten beide, an ihren Fesseln zu arbeiten. Vielleicht waren es auch Stunden, denn jedes Zeitgefühl war ihnen abhandengekommen.

„Ob es schon hell ist," fragte Filip. Wer baute eine Garage ohne Fenster?

In diesem Moment gab es ein merkwürdiges Ploppen, dann ein zischendes Geräusch.

„Was war das?" fragte Hanna angsterfüllt.

„Keine Ahnung."

Dann schoss eine Stichflamme in die Höhe und beleuchtete die Garagenwand mit dem ordentlich aufgereihten Werkzeug.

„Scheiße, Scheiße," fluchte Filip, „Feuer."

Noch verzweifelter als zuvor rissen beide an ihren Fesseln. Filips Knöchel schmerzte wie verrückt, als er ihn drehte und daran zog. Er hörte Hanna mit ihren aneinander gefesselten Füßen gegen den Motorraum treten, während der Lichtschein immer heller wurde. Wenn sie doch nur eine Hand freibekäme.

Langsam spürten sie die Hitze und den Brandgeruch. Hanna fing an zu Husten, Filips Augen tränten. Nach kurzer Zeit hatten die Flammen die Werkbank in Brand gesetzt. Es erschien Filip surreal, als die Hämmer, Zangen, Schraubenschlüssel und Sägen in einer flimmernden Choreografie zu Boden fielen. Der Husten wurde immer stärker und es war schier unerträglich, die tränenden Augen nicht reiben zu können. Filip bekam starke Kopfschmerzen und konnte immer schwerer atmen. Er hörte Hanna vor Schmerz schreien, dann wieder Husten und dann rief sie plötzlich: „Ich bin frei. Ein Arm ist frei. Filip, Filip." Ihre Stimme überschlug sich, doch er nahm es gar nicht mehr wahr. Eine große Ruhe überkam ihn. Die Sonne schien auf sein Gesicht. Er lag im hohen Gras. Und gleichzeitig auf dem Sofa Hannas. Sie hielten sich an den Händen und ein Grashüpfer sprang aus ihrem Fenster in einen Fluss. Ein guter Fang, meinte sein Onkel.

Dann war da nur noch nichts.

Der Regen klatschte gegen die Scheiben des Krankenhauses nahe dem Zentrum Motalas, dessen Form aus der Luft an eine Flasche erinnerte. Der böige Wind strich vom Vättern her über die blauen Flächen der riesigen Fassade. Hinter einem Fenster im vierten Stock lag Hanna und erwachte langsam aus einem traumlosen Schlaf. Als sie die Augen öffnete, sah sie ein blasses Foto eines Mohnfeldes, einen Spender mit Desinfektionsmittel und die besorgt dreinblickenden, braungebrannten Gesichter ihrer Eltern.
„Mama? Papa? Was macht …"
Ihre Mutter legte einen Finger vor den Mund.
„Schon dich."
„Kind, was machst du für Sachen," meinte ihr Vater in seiner etwas steifen, aber liebevoll-unbeholfenen Art.
„Carl! Sie soll doch nicht sprechen."
„Wo bin ich?"
„In Motala. Im Lazarett," sagte ihr Vater mit entschuldigendem Blick zu ihrer Mutter.
„Wo ist Filip?"
„Wer ist Filip?" fragte ihre Mutter mit demselben Tonfall, mit dem sie nach Hannas ersten Partner in der Tanzschule gefragt hatte, als der sie abholen wollte.
Nur, dass der Oscar geheißen hatte.
Hanna schlug die Decke weg und wollte aufstehen.
„Wohin willst du?"
„Zu Filip."
Ihre Mutter drückte sie sanft zurück ins Bett.
„Ich habe zwar keine Ahnung, wer dieser Filip ist, aber ich frage mal die Schwester, ob sie was weiß."
„Filip ist mein Freund."
„Du hast einen Freund?" sagten ihre Eltern wie aus einem Munde und dann ergänzte ihre Mutter: „Da fährt man einmal auf Weltreise."
„Ihr hättet nicht zurückkommen müssen. Es geht mir gut."
„Das sieht man," meinte ihr Vater und ihre Mutter ergänzte: „Wie der Zufall es wollte, waren wir gerade am Flugplatz in Kopenhagen, als der Anruf kam. Wie gut, dass du den Zettel mit den Notfall-Nummern in der Geldbörse hattest." Sie lachte, wie zur

Vorbereitung eines Witzes. „Wir sind dann gleich hier her durchgestartet."

„Das ist schön," meinte Hanna, „aber bitte, fragt die Schwester, was mit Filip ist."

Ihr Vater drückte auf einen Knopf am Bett.

„So macht man das heute."

Die Schwester kam nach zwei Minuten. Sie war klein und drahtig. Ihre Plastiksandalen quietschten auf dem frisch gebohnerten Boden. Auf ihrem Namenschild stand „Waranya".

„Wo brenn …" sagte sie fröhlich, ehe sie sich eines Besseren besann und sagte: „Schön, dass du wach bist. Wie geht es dir?"

Erst jetzt bemerkte Hanna ihre verbundene Hand. Auch schmerzte es an der Hüfte.

Hanna ignorierte die Fragen.

„Wo ist mein Freund Filip?"

„Jetzt leg dich erstmal wieder hin. Wir müssen Fieber messen und den Blut …"

„Ich habe kein Fieber und mein Blutdruck steigt ins Beschissene, wenn du mich nicht zu Filip lässt."

Hannas Mutter hielt sich entsetzt eine Hand vor den Mund: „Aber Hanna!"

Die Schwester legte eine Hand auf ihren Arm: „Lassen sie. Ich verstehe ihre Tochter ja."

„Also?" meinte Hanna.

„Ich hole einen Arzt," erwiderte Waranya.

Zehn Minuten später kam Dr. Schmidt-Fischer und stellte sich als Jörg vor.

Er sah aus, als würde er gleich zum Tennis gehen. Vom Gesichtsausdruck zu einem Spiel gegen einen besseren Gegner.

Als er sprach, war sein deutscher Akzent unüberhörbar.

„Ich möchte nicht lange drumherum reden," meinte er und stütze sich auf den Rahmen des Bettes, „ihr Freund Filip befindet sich auf der Intensivstation. Sein Zustand ist kritisch."

Hannas Mutter machte einen Laut des Erschreckens.

Hanna sah Dr. Schmidt-Fischer besorgt, aber ruhig an: „Was hat er? Brandverletzungen? Wie schlimm ist es? Ich kann mich nicht mehr erinnern, wie wir überhaupt rausgekommen sind."

Der Arzt schüttelte den Kopf. „Er hat nur kleine Verbrennungen und einen gebrochenen Knöchel. Schlimmer war das Rauchgas. Wenn er nur ein paar Minuten länger dem Kohlenmonoxid und den Toxinen ausgesetzt gewesen wäre und wenn ihre Freundin und die Sanitäter nicht so umsichtig gewesen wären, hätte man nichts mehr machen können."

„Darf ich zu ihm?"

Dr. Schmidt-Fischer überlegte einen Moment.

„Es ist kein schöner Anblick."

Hanna war schon aus dem Bett. „Können wir?"

„Ziehe dir was an, Kind, sonst erkältest du dich und wirst krank," sagte ihre Mutter und zum ersten Mal an diesem Tag musste Hanna lächeln.

Der Raum, in dem Filip lag, war voller Gerätschaften. Überall piepste und zischte es, wie im Labor eines verrückten Professors. Filip trug eine Gesichtsmaske, die ihm Sauerstoff zuführte. Im Mund hatte er einen Tubus. Damit die Luftröhre nicht zuschwoll, hatte der Arzt gesagt. Neben dem Bett standen ein Beatmungsgerät, Monitore mit Kurven und Zahlen und Infusionsgeräte. Überall hingen Kabel und Schläuche.

Filip wirkte wie erdrückt von all dem, was ihn am Leben halten sollte.

„Darf ich ihn berühren?" fragte Hanna und als der Arzt nickte, strich sie Filip ganz sanft über die Hand und die schwache Narbe an der Wange.

„Das Problem waren die Dämpfe," wiederholte Schmidt-Fischer auf dem Weg zurück zu Hannas Zimmer, „wie ich schon sagte: Das schnelle Handeln der jungen Frau hat ihnen das Leben gerettet."

Hanna sah ihn fragend an.

„Welche Frau meinst du? Du hast das schon mal gesagt? Eine Freundin? Da war keine Freundin. Meinst du etwa Pernilla Lindh?"

Er zuckte mit den Schultern und zeigte mit der flachen Hand:

„So groß etwa. Blond. Ich weiß ihren Namen leider gerade nicht. Aber du kannst sie selbst fragen. Sie liegt nur zwei Zimmer weiter auf der 403."

„Was?" schrie Hanna auf, „sie ist hier?"

„Ja, sie hat auch Rauch abbekommen und ein paar Verbrennungen."

Hanna rannte los.

„Was ist los? Was ist denn?" fragte Schmidt-Fischer, sichtlich verwirrt über ihre Reaktion.

„Pernilla war es, die uns umbringen wollte. Keine Ahnung, warum sie uns dann doch gerettet hat. Sie ist verrückt."

Der Arzt sah sie zweifelnd an.

„Wer weiß, was sie jetzt vorhat. Noch einen Anschlag, vielleicht? Wenn sie nun Spaß daran hat, Filip zu quälen?"

„Ich verstehe nicht?" meinte er und lief Hanna nach.

„Filip muss bewacht werden."

Sie rannten vorbei an ihrem Zimmer. Hannas Eltern standen in der Tür und sahen ihr mit offenem Mund zu.

„Hanna, was ist denn?“ sagte ihre Mutter, doch Hanna ignorierte sie und riss die schwere Tür mit der Nummer 403 auf.
Das Bett war leer.

Hannas Vater war seiner Tochter hinterher gegangen und stand in der Tür.

„Was machst du, Hanna?" fragte er und zeigte hinter sich.

Ihr angstvoller Blick erschreckte ihn sichtlich.

„Dein Zimmer ist da drüben."

„Wir müssen zu Filip," ignorierte Hanna ihn und schrie in Richtung Schmidt-Fischers.

Plötzlich öffnete sich eine Tür.

Sie hörten das Rauschen einer WC-Spülung. Eine Frau trat aus dem Raum.

„Was ist denn hier los?" fragte sie überrascht von dem Auftrieb.

„Du?" fragte Hanna mit Erstaunen in ihrer Stimme.

„Ja?" erwiderte Jossan, ähnlich verdutzt, „wieso?"

Zum zweiten Mal an diesem Tag musste Hanna lächeln.

Überall verwirrte Gesichter.

Sie erklärte ihren Eltern, auch Hannas Mutter hatte sich inzwischen dazu gesellt, und Schmidt-Fischer, woher sie Jossan kannte.

„Wie geht es dir," wollte Hanna beim Blick auf die verbundenen Hände der jungen Frau wissen, „warum bist du auch hier?"

„Du kannst dich an nichts erinnern?" Jossan setzte sich auf das Bett und klopfte mit der flachen Hand auf das weiße Laken. Hannas Eltern zogen sich Stühle heran und Schmidt-Fischer hielt sich am Türrahmen fest.

Hanna schüttelte den Kopf. „Das letzte, was ich weiß, ist, dass ich mit einem kleinen Messer erst meine, dann auch Filips Kabelbinder losgeschnitten habe. Das Plastik war so dick und das Messer stumpf wie sonst was."

Jossan nickte.

„Ein Messer hattest du in der Hand und immer irgendwas gefaselt. Völlig unverständliches Zeug."

„Verwirrtheit ist oft ein Symptom bei Rauchgasvergiftungen", erklärte Schmidt-Fischer.

„Ich war auf dem Weg zum Großmarkt in Jönköping," nahm Jossan den Faden wieder auf. „Ich wollte ganz früh frisches Gemüse und Fleisch abholen. Am Wochenende habe ich eine große Gesellschaft."

Sie zögert kurz. „Wie mache ich das denn jetzt?"

Als keine Antwort kam, fuhr sie fort: „Ich wohne an der Straße, die an Nubbekullen vorbeiführt. Ich war schon fünfzig Meter weiter, als ich mich wunderte und fragte: Jossan, wieso ist da Licht in der alten Garage von Pernilla? Und das Licht war komisch. Keine Lampe. Und außerdem war ja gerade im Haus eingebrochen worden und vielleicht waren die Diebe ja zurückgekommen.“

„Ganz schön mutig“, meinte Schmidt-Fischer, aber seinem Gesicht konnte man ablesen: Ganz schön verrückt und unvorsichtig.

„Ich habe gar nicht nachgedacht. Als ich vor der Garage anhielt, war mir sofort klar, dass es brannte.“

„Warum hast du reingeguckt?“ meinte Hanna, „ich glaube, ich hätte gedacht, da brennt ein Auto oder was und hätte die Feuerwehr gerufen.“

Ihre Mutter nickte zustimmend.

Jossan hob fragend den Blick.

„Versteh mich nicht falsch,“ schob Hanna schnell hinterher, „ich finde es durchaus gut, dass du reingeguckt hast.“

„Vielleicht so eine Art Ahnung,“ sagte Jossan. „Erst sah ich nur Rauch, dann deine Beine in der Tür des Wagens. Die Werkbank oder was da so herumstand und Zeug an der Rückwand brannten lichterloh. Es war so heiß. Auch Teile vom Auto hatten Feuer gefangen. Wahrscheinlich habe ich das Feuer sogar selbst angefacht, als ich die Tür der Garage öffnete.“

„Dir sei verziehen,“ lächelte Hanna zum dritten Mal.

„Du hingst also halb im Auto, irgendwo im Fußraum zugange. Scheinbar hattest du gerade die Fesseln von Filip durchschnitten. Ich habe dich dann aus dem Auto gezogen. Bevor du ohnmächtig wurdest, hast du mit diesem Minimesser herumgefuchtelt. Ich habe dich dann aus der Garage geschleift und bin wieder rein. Da fingen schon die ersten Balken an, herunterzufallen.“

Sie sagte das wie beiläufig, nicht aus Effekthascherei. Als wäre es das Normalste der Welt.

„Deinen Freund aus dem Wagen zu zerren, war viel schwieriger. Er hing an den Pedalen fest. Irgendwann **hatte ich ihn aber doch losbekommen** und konnte auch ihn ins Freie schleifen.“

„Wow,“ entfuhr es Hanna und ihr Vater sagte ehrfurchtsvoll: „Du bist unsere Heldin.“

Ihre Mutter nickte stumm.

„Und da hattet ihr wieder großes Glück," meinte Schmidt-Fischer in die kurze, andächtige Stille.

„Die Feuerwehr war extrem schnell vor Ort und dann war noch ein Arzt im Team, der genau das Richtige tat." Er zeigte auf Hanna: „Du hast Sauerstoff bekommen und dein Freund eine Herz-Lungen-Massage, später dann noch ein Gegengift.

Hanna beugte sich vor und umarmte Jossan.

„Ich danke dir. Ich weiß gar nicht, wie ich das in Worte fassen soll. Vielen, vielen Dank."

Jossan drückte sie. Hanna schrie kurz auf, weil Jossans Hand gegen eine Wunde drückte.

Plötzlich klatschte es.

Es war kein Beifall.

Schwester Waranya stand in der Tür.

„Schluss mit dem Kaffeekränzchen. Jetzt gehen die Kranken alle in ihr Bett zurück, die Besucher nach Hause und …"

Schmidt-Fischer sah sie herausfordernd an.

„Und die Ärzte an ihre Arbeit."

Der Arzt zwinkerte ihr zu und ging.

Als Hanna ein paar Minuten später, nach der Verabschiedung von ihren Eltern, mit der Schwester allein war, schien die tiefe Sorge zurückzukehren, die für ein paar kurze schöne Augenblicke der Ablenkung verdrängt worden war.

„Wir haben hier ganz wunderbare Ärzte, die Besten," schien Waranya Hannas Gedanken gelesen zu haben, „das mit deinem Freund wird schon wieder. Habe Vertrauen."

„Woher willst du das wissen?"

Die Schwester lächelte vielsagend.

„Mein Name, Waranya, bedeutet auf thailändisch: die wissende Frau."

Der Sturm peitschte den Regen fast waagerecht. Der Weg vom Parkplatz in das Krankenhaus hatte Hanna durchnässt bis auf die Haut. Ihr Haar war angeklatscht, so dass niemand von einer Frisur gesprochen hätte. Kurz vor Motala war sie auf der Reichsstraße 50 geblitzt worden.

Ihre Bluse wies einen braunen Fleck auf, weil sie am Morgen, mit einem Kaffee in der Hand, gegen Jossan geprallt war. Bei ihr hatte sie die letzten Tage verbracht. Zuvor war ihr Lieblingsohrring in eine Ritze des Dielenbodens gefallen. Außerdem bekam sie ihre Tage, was bei ihr mit Schlaflosigkeit und Verdauungsproblemen einherging.

„Das ist der schönste Tag meines Lebens!" meinte sie und strahlte über das ganze Gesicht.

„Das wollen wir nicht hoffen. Da sollen noch ein paar schönere kommen," meinte Filip und küsste Hanna.

Sie boxte ihn sanft in die Seite. „Blödmann. Aber stimmt. Gestern war auch der schönste Tag meines Lebens und der, als du außer Lebensgefahr warst, war es auch und nun ist es eben auch heute. Wollen wir?"

„Ich kann es kaum erwarten, das Krankenhaus zu verlassen."

„Ich muss noch kurz etwas erledigen," meinte sie und verschwand für zehn Minuten.

Filip sah sie fragend an, als Hanna zurückkehrte.

„Ich habe mich von einer wissenden Frau verabschiedet."

Filip fragte sich, ob er es ertragen konnte, jetzt schon an dem Ort vorbeizufahren, wo Hanna und er fast ihr Leben verloren hätten, doch Hanna ließ den Abzweig rechts liegen und fuhr über einen kleinen Umweg zum Haus von Jossan.

„Wir fangen langsam an," sagte sie.

Filip wurde warm ums Herz.

Jossan hatte Hanna nicht nur ein Zimmer für die Zeit angeboten, in der Hanna regelmäßig ins Krankenhaus gefahren war, sondern auch ein Auto organisiert. Hanna hatte sich mit leichten Hilfstätigkeiten in Jossans Gasthaus revanchiert, so wie es ihr Zustand und ihre Erfahrung in der Gastronomie zuließen.

„Wir sind Freundinnen geworden," stellte Hanna fest, bevor sie das Haus betraten.

„Josefine Höglund!" las Filip. „Höglund. So heißt sie? Hatte sie sich uns nicht vorgestellt? Ich kann mich nicht erinnern."

Sein Gedächtnis funktionierte noch immer nicht wie gewohnt, vermutete er.

„Sie kannte unseren Namen auch nicht. Sie kannte uns nicht und ist trotzdem in das Feuer gegangen."

Filip nickte bedächtig. Er konnte seine Bewunderung für diesen Mut nicht in Worte fassen und hatte lange überlegt, was er ihr sagen würde. Gab es dafür überhaupt Worte?

Hanna klopfte, obwohl sie einen Schlüssel hatte.

Jossan öffnete.

„Hier ist jemand, der dir Danke sagen möchte."

Ehe Filip etwas sagen konnte, hatte Jossan ihn schon an ihr Herz gedrückt.

In keinem Drehbuch hätte es besser stehen können. Nachdem sie aus der Kirche gekommen waren, hatte es für eine halbe Stunde nicht geregnet. Sie waren dem Sarg über den Friedhof gefolgt und hatten jeder einen kleinen Blumenstrauß in die Grube geworfen. Der Pastor hatte ein paar weitere nette Worte über Tante Gudrun verloren, obwohl er sie nicht gekannt hatte und ihnen dann einen schönen Tag gewünscht.

„Jetzt sind sie wieder vereint," hatte der Mann in seinem schwarzen Talar mit den weißen Beffchen zuvor gesagt, was bei Filip ein stummes Schmunzeln bewirkt hatte: Tante Gudrun würde sich Onkel Lars erstmal ordentlich zur Brust nehmen.

Die Trauergemeinde war überschaubar gewesen. Hanna, Filip, Malin aus dem Pflegeheim und Frida, die Nachbarin, die so gut es ging mit ihrer Krücke über den Kiesweg gehumpelt war. Sie hatte es sich nicht nehmen lassen wollen, ihrer früheren Freundin Gudrun die letzte Ehre zu geben.

Wenn eine Beerdigung für Filip nicht schon deprimierend genug war, selbst bei Tante Gudrun, wo man den Tod als Erlösung sehen konnte, fand er es noch einmal trauriger, dass es keine weiteren Verwandten oder Freude gegeben hatte.

Bevor Frida in das Taxi stieg, das sie nach Hause brachte, fragte sie Filip noch, was denn mit dem Auto von Lars passieren sollte. Es stand seit Monaten in ihrer Garage, doch die würde in Kürze abgerissen werden.

Das kommt ja wie gerufen, sagte sich Filip und dachte traurig an seinen Saab. Er versprach, den Wagen bald zu übernehmen. Für den Moment hatten sie den Zweitwagen von Hannas Eltern ausgeliehen.

Am Nachmittag hatten Hanna und Filip einen Termin bei Rolf Sand. Der Beamte empfing sie in demselben schmucklosen Raum wie beim letzten Mal, aber jetzt war es deutlich kühler.

Er erkundigte sich nach dem Befinden der beiden. Filip vermutete kein echtes Interesse. Rolf Sand erzählte ihnen, was die Kriminaltechnik zum Brandsatz in Nubbekullen herausgefunden hatte. Man wollte Hanna am Telefon keine Auskunft geben. Sie und Filip hatten Rolf Sand überzeugt, nachzufragen und waren leicht erstaunt, dass er es wirklich gemacht hatte, denn eigentlich war er in die Klärung der Geschehnisse in der Garage und die Suche nach Pernilla nicht involviert.

„Es war eine Herdplatte, die mit einer Zeitschaltuhr gestartet worden war."

„Das rote Licht, das ich gesehen habe?" sagte Hanna.

„Kann sein, ja. Darauf stand ein Kunststoffkanister mit Benzin. So zehn Liter. Nicht blöd. Improvisiert, aber wirkungsvoll."

„Na, vielen Dank," meinte Filip, der keine Bewunderung für Pernillas bastlerische Fähigkeiten empfand.

„Gibt es etwas Neues von Pernilla?" fragte Hanna.

Rolf Sand schüttelte den Kopf.

„Sie ist wie vom Erdboden verschwunden, sagen die Kollegen."

„Dann kann sie also jederzeit wieder zuschlagen?"

Der Polizist verzog das Gesicht zu einer undefinierbaren Grimasse.

„Wir haben ja angeboten, dass sie ins Hotel gehen können."

Filip wusste, dass es nicht gerecht war, zu klagen. Die Polizei tat sicher ihr Bestes. Trotzdem war es belastend, immer in Angst zu leben. Sich immer umzudrehen. Immer Gefahr zu wittern. Auch wenn er nicht glaubte, dass Pernilla auf der Flucht Zeit hatte, sich um ihn und Hanna zu kümmern. Andererseits war sie eindeutig nicht bei klarem Verstand.

„Wahrscheinlich ist sie längst in Südamerika," meinte er, mehr zur Beruhigung Hannas als selbst überzeugt.

„Ich bin da, wie gesagt, nicht weiter eingebunden. Es heißt aber wohl, dass es keine Anhaltspunkte dafür gibt, dass sie von Schweden oder Dänemark abgeflogen ist," fiel ihm Rolf Sand in den Rücken.

Dankeschön.

„Ich verstehe ja, dass das Hotel, in dem sie wohnen könnten, nicht das Grandhotel oder das Ritz ist, aber da hätten wir sie beide deutlich besser im Blick.

Ganz langsam, fast vorsichtig, meldete sich in den Tiefen von Filips Unterbewusstsein ein Gedanke, der jedoch noch unter anderem davon abgehalten wurde, sich zu offenbaren, weil Filip sich fragte, warum Rolf Sand sie konsequent siezte.

„Wie lange denn? fragte Hanna, „eine Woche, ein Monat? Ein Jahr?" Sie schüttelte den Kopf.

Filips Eingebung arbeitete sich voran.

„Wir können es ihnen nur anbieten," sagte Rolf Sand, fast gleichgültig.

Der Gedanke war fast da.

Der Beamte klatschte mit der Handfläche auf den Tisch. „So, dann wären …"

„Ha!" kam es da unvermittelt von Filip.

Hanna und Rolf Sand sahen ihn verdutzt an.

Jetzt, wo er den Gedanken formulieren musste, kam er Filip nicht mehr ganz so logisch vor.

„Also," meinte er und räusperte sich, „Rolf, du hast vom Hotel gesprochen, in das wir nicht wollen."

Rolf Sand wehrte mit der Hand ab. „Klar, habe ich verstanden. Und es ist nicht doll, nicht das Grandhotel."

„Nein, du hast gesagt, es **wäre nicht das Ritz. Und** das hat mich auf eine verrückte Idee gebracht."

„Und die wäre?"

„Pernilla wusste eine Menge über den Stand unserer …," er suchte nach einem Wort, um nicht von Ermittlungen zu sprechen, „also unserer Nachforschungen."

„Recherchen," half Hanna.

„Ja. Sie wusste gut Bescheid und erwähnte in einem Gespräch ebenfalls das Hotel Ritz. Und das kurz nachdem ich in der Konditorei Ritz in Sölvesborg war, wo sich Hanna und Rune Runsten getroffen hatten."

„Sie haben sich mit Rune Runsten verabredet?" stellte Rolf Sand in einer anklagenden Betonung fest.

Filip ignorierte die eher rhetorisch wirkende Frage.

„Wenn das Ritz nun so eine Art Ironie-Effekt ist. Da habe ich kürzlich etwas drüber gelesen. Wenn **genau die Missgeschicke eintreten, die wir auf jeden Fall verhindern möchten. Also wenn sie nicht darüber reden will, wo oder wie sie über uns Bescheid weiß und es dann doch tut.**"

„Als ob dir jemand sagt, dass du die teure Vase auf keinen Fall aus der Hand rutschen lassen darfst – und dann fällt sie gerade runter," meinte Hanna.

Filip nickte. „Ja. So genau passt es nicht, aber dennoch: Und deshalb erzählt sie vom Ritz, weil ihr das durch den Kopf geht, denn sie hat dich und mich im Café Ritz gesehen."

Rolf Sand war nicht überzeugt.

„Sehr weit hergeholt.“

„Bei aller Liebe,“ meinte auch Hanna und Filip spürte, dass es ihr fast leidtat, ihm vor Rolf Sand zu widersprechen, „und weil sie uns gesehen hat, was ein Zufall gewesen sein könnte, wenn es überhaupt so gewesen ist, könnte sie Rune kennen und, ja, was dann? Was würde es bedeuten?“

„Viele Konjunktive,“ ergänzte Rolf Sand.

 Filip holte das Handy heraus und scrollte sich durch seine Fotos. Als er gefunden hatte, was er suchte, hielt Filip das Telefon Rolf Sand entgegen.

„Es ist so ein Gefühl,“ sagte er fast entschuldigend.

Ein Selfie. Im Hintergrund ein weißes Häuschen, davor Filip selbst, der offensichtlich das Handy am ausgestreckten Arm hielt. Rechts eine unglücklich dreinblickende Hanna. Und in der Mitte Pernilla, fröhlich lächelnd, den Blick auf Filip gerichtet.

„Kennst du die Frau in der Mitte?“

„Scheiße!“ entfuhr es Rolf Sand, „Scheiße! Scheiße! Scheiße! Das ist Pernilla Lindh?“

Rolf Sand hatte fast augenblicklich, ohne eine Erklärung zu geben, den Raum verlassen.

Nach zehn Minuten kehrte er zurück. Im Gesicht hatte er rote hektische Flecken.

Hanna und Filip sahen ihn fragend an.

Er räusperte sich und strich mit der Hand über seinen Mund und die Wange.

Als ob er Zeit gewinnen wollte.

„Ja, also," fing er gedehnt an, „was soll ich sagen: Wenn das Pernilla Lindh ist, also, dann kennen wir sie."

„Woher?" fragten Hanna und Filip aus einem Munde.

Der Beamte fuhr sich mit beiden Händen über das Gesicht und rieb mit den Mittelfingern die Augen. Offensichtlich kämpfte er mit sich.

„Ich habe ihnen ja erzählt, dass wir Petar Stoijanovic überwachen. Und die Frau auf ihrem Foto," er wies auf das Handy, „war ein paar Mal bei Stoijanovic."

„Wann?" fragte Hanna.

Filip konnte sich ein leicht selbstgefälliges Grinsen nicht verkneifen. „Zum Beispiel jetzt."

„Was?" riefen Hanna und er wieder aus einem Munde.

Rolf Sand nickte zerknirscht.

Hanna fixierte ihn. „Du willst sagen, dass diese Verrückte, die uns umbringen wollte, die angeblich in ganz Schweden gesucht wird, sich eine gute Zeit bei Petar macht? Und ihr guckt zu? Wow."

„Die Führung des Falles liegt nicht bei uns," versuchte Rolf Sand eine müde Begründung.

„Ich glaube es nicht," meinte auch Filip. „Jetzt übernehmen die Profis," äffte er Rolf Sand nach, „was für eine Schlamperei!"

„Eher eine Fahndungspanne," versuchte es Rolf Sand erneut in kläglichem Ton. „Ich muss los," ergänzte er.

Filip und Hanna wollten ihn nicht aufhalten.

Es war kalt in Hannas Wohnung. Es roch leicht muffig. Zu lange ungeheizt, zu wenig gelüftet. Der leere Platz, wo früher das Sofa gestanden hatte, wirkte wie eine Mahnung.

„Jetzt ist es bald vorbei," meinte Filip und sah auf den Stortorget. Die Vietnamesin saß auf ihrem Hocker vor ihrem winzigen Stand.

Was sie anbot, konnte er nicht erkennen. Kinder spielten am Brunnen. Frauen saßen vor den Kinderwagen. Sie trugen dickere Mäntel und wärmere Schuhe, aber eigentlich war alles wie immer. Das Leben ging weiter.

Hanna kam mit frischem Kaffee aus der Küche und reichte Filip einen Becher.

„Ich habe leider keinen mit Nilpferd."

Filip umarmte sie zärtlich.

„Der steht immer für dich bei mir bereit. Bei uns, wenn du willst."

„Das ist schön," erwiderte Hanna leise und kuschelte sich in Filips Armbeuge.

Das Warnlicht eines Müllwagens blinkte. Wolken zogen vom Meer auf. Ein Schwarm Vögel flog über den Platz.

Nachdem Rolf Sand angerufen hatte, waren Filip und Hanna umgehend zur Polizei gefahren.

Der Beamte hatte versprochen sie zu informieren, falls Pernilla Lindh festgenommen worden sei.

Filip fühlte sich wie befreit.

„Was kann ich **für sie** tun?" fragte ein sichtlich gut gelaunter Rolf Sand auf dem Revier.

„Wir würden gern wissen, was Pernilla gesagt hat. Wie die Festnahme ablief."

„Sie wird gleich verhört. Die Festnahme war gänzlich unspektakulär. Frau Lindh hat keinen Widerstand geleistet."

„Ich dachte, es sei nicht dein Fall?"

Rolf Sand machte eine vage Geste.

„Zumindest ein erstes Gespräch, bis die Kollegen übernehmen, lasse ich mir nicht nehmen. Immerhin habe ich eine gesuchte Verdächtige festgenommen und ihr Fall steht in Zusammenhang mit Stoijanovic."

„Was passiert mit ihm?" fragte Hanna.

Rolf Sand sah sie fragend an.

„Wurde er auch verhaftet? Schließlich hat er einer Verbrecherin Unterschlupf geleistet."

„Ich denke, er wusste keine Details. Aber er wird befragt werden."

„Ich möchte beim Verhör von Pernilla dabei sein," meinte Hanna plötzlich.

Rolf Sand lachte. „Auf keinen Fall."

Hanna sah ihn kalt an.

„Ich sehe schon die Überschrift: Fahndungspanne bei der Polizei!"

Der Beamte blickte auf.

„Die Presse berichtet aus erster Hand: Ist unsere Polizei zu blöd?"

„Arbeiten sie jetzt beim Expressen," fragte Rolf Sand.

Filip lächelte beim Gedanken an die Überschriften der Krawallblätter, die Onkel Lars so gern gelesen hatte. Ich weiß, dass nicht stimmt, was darinsteht, hatte er immer gesagt, aber es könnte die Wahrheit sein. Und dass es manchmal schön sei zu wissen, dass es gerade nicht die traurige Wahrheit ist.

Hanna schrieb eine weitere Überschrift in die Luft: „Karlshamner Polizei gefährdet das Leben unserer Mitarbeiterin!"

„So war es ja nun nicht," protestierte Rolf Sand matt.

„Nur zuhören," lenkte Hanna ein, „das bist du uns schuldig."

„Ich bin ihnen gar nichts schuldig."

„Nicht du persönlich, okay. Aber die Polizei."

Rolf Sand schien mit sich zu ringen.

Filip war überrascht von Hannas Zielstrebigkeit. Und beeindruckt von ihrer Härte.

Der Beamte gab auf.

„Gut. Sie können hinter einem Spiegel zuhören und zusehen. Aber kein Geklopfe. Kein Einmischen. Und es wird nicht 1:1 verwendet. Das tue ich nur für sie."

Filip dachte, dass Rolf Sand ihnen sehr dankbar sein sollte, denn die Verhaftung würde ihm sicher Pluspunkte einbringen.

Pernilla Lindh saß bereits in einem kleinen Verhörraum vor einer ockerfarbenen Wand. Das Zimmer war fensterlos. Man sah die schlechte Luft förmlich. Mit dem Rücken zu Filip und Hanna saß eine Frau mit auffällig roten Haaren. Rolf Sand trat ein und beugte sich an ihr rechtes Ohr. Nach einem kurzen Moment sah sie ihn erstaunt an. Die Rothaarige drehte sich aber nicht zur verspiegelten Scheibe hinter sich um, sondern nickte kurz und wendete den Blick wieder zu ihrem Gegenüber.

Rolf Sand schaltete ein Aufnahmegerät ein und fragte persönliche Daten ab, die Pernilla nach zweimaliger Aufforderung schmallippig beantwortete. Sie trug ein graues Sweat-Shirt und hatte die Haare streng nach hinten gebunden, was ihr einen harten Gesichtsausdruck verlieh. An ihrer Oberlippe sah Filip einen Herpes, den sie gelegentlich mit einem Finger berührte.

Rolf Sand fasste die Geschehnisse in Nubbekullen grob zusammen und bat Pernilla, etwas dazu zu sagen, doch sie sah ihn nur an. Auch zu dem Brandanschlag auf Hannas Wohnung und dem Sprengsatz in ihrem Auto sagte Pernilla zunächst nichts, ehe sie kaum verständlich und mit starr geradeaus gerichtetem Blick murmelte:

„Ihr kamt mir zu nahe."

Rolf Sand fragte irritiert nach: „Wir? Wir kamen ihnen nahe?"

„Sie meint uns," flüsterte Hanna, obwohl ihnen Rolf Sand erklärt hatte, dass der Raum, von dem aus sie zuhören konnten, schallisoliert wäre.

Filip nickte. Auch er hatte das Gefühl, als wisse Pernilla, dass sie hinter dem Spiegel waren. Er wusste, dass sie ihn nicht sehen konnte und man hatte es ihr gewiss nicht gesagt.
Es gab eben Dinge, die man nicht erklären konnte.
Rolf Sand erläuterte Pernilla, dass jedes Leugnen zwecklos wäre, denn sowohl an Hannas Suzuki wären jede Menge Fingerabdrücke und über den Anschlag in Nubbekullen müsse man ja gar nicht reden, so klar wäre das.
Nachdem er weiterhin ignoriert wurde, meldete sich unvermittelt Rolf Sands Partnerin zu Wort.
Sie hatte eine sanfte Stimme, die Filip als sehr angenehm empfand.
Sie fragte Pernilla nach Petar Stoijanovic und woher sie ihn kennen würde.
Es war kein Lächeln, aber zumindest eine Regung huschte kurz über Pernillas Gesicht.
„Wir kennen uns seit Jahren. Er sammelt ein bestimmtes Bild von August Malmström und als er einmal in Nubbekullen war, haben wir uns kennengelernt."
Filip fragte sich unwillkürlich, ob da mehr war als ein Kennen.
„Eifersüchtig?" fragte Hanna schelmisch.
Wie gut sie ihn durchschaute, dachte Filip.
„Stojanovic hat dir dann bei den Einbrüchen geholfen?" fragte die Beamtin und Filip wunderte sich ein wenig, dass Rolf Sand sie scheinbar umfassend informiert hatte.
Pernilla schüttelte den Kopf. „Er hat Kontakte. Ich wollte den Manet über ihn verkaufen. Es gibt schon einen Abnehmer. Ich kam gerade von ihm, als ich Filip, Filip Lundin, gesehen hatte, als der Rune, das war ein Mitarbeiter von Petar, nachgegangen war."
Die rothaarige Beamtin notierte sich etwas auf einem Block.
Filip dachte, dass er nicht nur nach vorn, sondern doch auch manchmal nach hinten schauen sollte.
„Über das, was sie uns angetan hat, spricht sie nicht so gern, aber was das Bild angeht, schon," stellte Hanna fest.
„Das ist wahrscheinlich zu persönlich," erwiderte Filip.

„Kennt Pernilla eigentlich das Sprichwort, dass man das Fell eines Bären erst verteilen soll, wenn er erlegt ist?" fragte Hanna etwas später, als Rolf Sand eine Pause gemacht hatte, um etwas zum Trinken zu holen.

„Sie muss sich ja sehr, sehr sicher gewesen sein, das Bild zu finden," sagte Filip, „verrückt. Wenn man bedenkt, wie viele unterschiedliche Versionen von Grindslanten unterwegs sind. Das müssen tausende sein. Wie konnte sie annehmen, das **eine** Bestimmte aufzuspüren."

Hanna kaute gedankenverloren an ihrer Unterlippe. „Ich denke, sie war so im Wahn, endlich an der Reihe zu sein, auch einmal Glück im Leben zu haben; sie hat sich da völlig reingesteigert, dass es mit normalen Maßstäben nicht messbar ist."

Hanna klatschte in die Hände. „Ich kann nicht verhehlen, etwas enttäuscht zu sein."

„Weil Pernilla nicht mehr gesagt hat?"

„Vielleicht."

„Wir wussten ja auch schon eine Menge."

„Kann sein. Wahrscheinlich bin ich vom Fernsehen verwöhnt. Wenn am Ende das große Geständnis kommt. In aller Epik."

Filip seufzte leicht. „Irgendwie bin ich auch froh, dass da nicht noch mehr war. Es ist schlimm genug.

Komischerweise tut sie mir fast ein wenig leid."

Hanna grunzte leise vieldeutig und meinte stattdessen: „Was ich mich frage ist, ob jetzt jemand weiter nach dem Bild suchen wird.

„Die Polizei?"

„Oder Petar. Oder Rune, dem würde ich es auch zutrauen."

„Oder wir beide," stellte Filip fest.

„Oder wir beide," stimmte Hanna zu.

Frida stand, auf eine Krücke abgestützt, neben ihrer Garage.
„Die Hecke muss wohl ausgetauscht werden," bemerkte Hanna beim Blick hinüber zu Filips Haus.
„Unbedingt," meinte Frida, „der Brandschaden erinnert mich immer an den Unfall."
Hanna legte einen Arm um sie.
„Es tut mir so leid."
„Du kannst ja nichts dafür."
„Er springt nicht an," kam es gedämpft aus dem Volvo in dem Schuppen.
„Lars hatte auch immer Probleme mit der Karre," meinte Frida und sah verwundert zu Hanna, die in Gelächter ausgebrochen war, „Gudrun hatte ihn schon vor Jahren gedrängt, das unzuverlässige Auto zu reparieren oder ein anderes zu kaufen."
„Was gibt es zu lachen?" fragte Filip und trat ins Freie, „habe ich was verpasst?"
Frida zuckte mit den Achseln.
„Ich habe geschworen, mich niemals mehr darüber zu beschweren, dass dein Auto nicht anspringt," gab Hanna zurück und stieg in den Volvo.
„Du schiebst!"

Filip telefonierte gerade mit einer Mitarbeiterin der Schokoladenmanufaktur, als Hanna frischgeduscht ins Wohnzimmer kam. Sie war auf der alten Bahntrasse nach Svängsta und zurück gejoggt. Filip hatte dankend abgelehnt und seine Kurzatmigkeit als Spätfolge der Rauchvergiftung zur Begründung herangezogen. Das stimmte sogar, er sollte es ruhig angehen lassen, aber dazu kam, dass er die Strecke mit den langen Geradeaus-Passagen unerträglich langweilig zum Laufen fand. Hanna hatte gesagt, dass ihr das egal wäre, denn beim Joggen würde sie denken und da wäre es gut, nicht abgelenkt zu werden und einfach nur stur geradeaus zu laufen.
Als Filip aufgelegt hatte, nahm er Hanna in den Arm.
„Hm, du duftest gut," meinte er und sog genießerisch die Luft ein.
„Zedernwald," erwiderte Hanna und küsste ihn.
„Hast du schön nachgedacht?

Hanna nickte.

„In meinem Kopf ist alles fertig. Und ich habe ja viele Notizen. Es war auch nett von dem Verein in Västra Ny, dass ich die Tagebücher eine Zeit lang haben durfte."

Die **Hembygdsförening** hatte Hanna und Filip sogar angeboten, die Leitung Nubbekullens zu übernehmen. Für einen winzigen Moment hatte Filip ernsthaft darüber nachgedacht.

„Ich werde das Buch schreiben," unterbrach Hanna Filips Gedanken, und sie lachte leise, „die Geschichte will raus. Der Verlag hat zugestimmt. Sie wollen das Weihnachtsgeschäft noch mitnehmen. Jetzt heißt es ranklotzen. Mein Chefredakteur ist übrigens auch einverstanden. Vorhin hat er gemeint, dass das Thema abgefrühstückt sei. Zumindest für den Carlshamn Allehanda. Mit Kunst könnten die Leser nicht viel anfangen."

Filip sah sie besorgt an, doch Hanna wehrte ab: „Nee, alles gut, mein Artikel hat ihm gefallen. Sehr. Aber er sagt, die Zeit wäre schnelllebig und der Diebstahl des Bildes von Lotte Laserstein wäre aktueller und vor allem spektakulärer und mehr als einen Beitrag über Kunst könnten die Leser nicht bewältigen."

Filip verzog sein Gesicht.

„Vielleicht sollte er mehr auf Leserinnen setzen und dem Publikum mehr zutrauen. Aber welchen Kunstraub meinst du? Ich habe nichts mitbekommen. Laserstein. Laserstein. Irgendwas klingelt da."

„Nordensvan, der Kunsthändler. Er hatte ein Bild von ihr hängen."

„Klar, das Referat von deinem Gustav," fiel es Filip ein. „Ist das gestohlen worden?"

Hanna lachte.

Er liebte diese kleinen Fältchen, die sich um ihren Mund bildeten.

„Genau um die Malerin geht es, aber es wurde ein anderes Bild geklaut. Du solltest mehr Zeitung lesen. Ich hätte da einen Tipp für dich."

„Brauche ich nicht. Ich hole mir meine Information aus erster Hand," meinte Filip und zog sie zu sich auf das Sofa.

Der Himmel sah nach Schnee aus, aber dafür war es noch zu zeitig im Jahr, auch wenn es schon Nachtfrost gegeben hatte. Früher hatte es gelegentlich schon Ende Oktober das erste Mal geschneit, doch inzwischen musste man ja froh sein, wenn überhaupt eine längere Periode mit Schnee kommen würde. Filip hatte im Schuppen den alten Schlitten gefunden, auf dem er als Kind bei seinen gelegentlichen Besuchen im Winter gerodelt war. Das waren schöne Erinnerungen an eine glückliche Zeit. Eigentlich waren Lars und Gudrun jedoch Sommer-Onkel und -Tante gewesen und ihm kamen in seiner Erinnerung Eis und Sonnenbrand in den Sinn und nicht Schneeballschlacht und Wollmütze.

Am Vortag hatte er endlich die Hecke gepflanzt. Bevor der Boden zu hart wurde. Frida hatte ihm in den Ohren gelegen. Auf eine nette Art und er verstand sie, aber er hatte in Malmö zu tun gehabt.
Und nun war er hier und wieder glücklich.
In den Wochen zuvor hatte er den Auftrag für das Restaurant erledigt, auch wenn er sich eingestehen musste, dass es nicht seine beste Arbeit geworden war. Zu viele andere Gedanken hatten ihn beschäftigt und einen davon hatte er soeben per E-Mail bestätigt bekommen: Die Kündigung seiner Wohnung in Malmö klappte schneller als erwartet.
Das sparte Geld, das er lieber in das Haus am Mörrum stecken konnte. Auch diese Entscheidung war gefallen. Er würde hier wohnen bleiben. Der Verkauf war vom Tisch. Filip fragte sich, ob er das Großstadtleben vermissen würde, doch dann rief er sich die Hektik und den Lärm in den Sinn und die Menschen, die, wenn es gut lief, nebeneinanderher lebten oder, wenn es schlecht ausging, sich die Köpfe einschlugen. Erst vorgestern hatte er von einer alten Frau gelesen, die seit fast einem Jahr tot in ihrem Schaukelstuhl gesessen hatte. Sie hatte niemandem gefehlt. Irgendwann, so fürchtete er, würde es diese Gleichgültigkeit, dieses Desinteresse an seinen Mitmenschen auch in Karlshamn oder gar Åkeholm geben. Wie auch Bandenschießereien oder Vandalismus und andere Gewalt, aber das würde er hoffentlich nicht mehr erleben.
Dem allen wollte er gegensteuern und war einem Heimatverein beigetreten und half regelmäßig ehrenamtlich in dem Pflegeheim in

Ryd, wo er vorlas, mit den alten Menschen spazieren ging oder Fotovorträge hielt. Ein kleiner Beitrag, das wusste er, aber ein Beitrag.

Wenn Hanna zu ihm ziehen würde, wäre sein Glück perfekt, dachte er und legte ein Holzscheit in den Kamin. Sie hatte noch ihre Wohnung in Karlshamn, aber er wollte sie nicht drängen. Hanna war oft bei ihm, viel öfter als er bei ihr. Hitze stieg ihm ins Gesicht. Er schloss die Tür des Ofens, wobei ihm ein Schmerz in die Hand fuhr. Seit er sich in Nubbekullen Verbrennungen zugezogen hatte, schien er hitzeempfindlicher zu sein.
Er ging in die Küche und holte einen Topflappen für die Ofentür. Gudrun hatte ihn gehäkelt, da war er sicher.
Es klopfte an der Tür.
Als Filip öffnete, sah er einen Boten eines Paketdienstes.
„Nanu," entfuhr es ihm, denn normalerweise kamen Sendungen immer postlagernd und mussten beim Coop in Svängsta abgeholt werden. Das war einer der wenigen Nachteile gegenüber dem Leben in der Stadt.
„Ein Paket für Hanna Helin," sagte der junge Mann und reichte ihm einen Umschlag, „bitte hier unterschreiben."
„Ich bin nicht Hanna Helin."
Der Mann zuckte mit den mageren Schultern und hielt Filip einen kleinen Bildschirm entgegen.
„Wen juckt es. Hier, einfach mit dem Finger."
Nachdenklich trug Filip den Umschlag ins Haus. Hanna Helin. Ihr Name. Seine Adresse.

Hanna kam eine halbe Stunde später. Filip hatte gekocht, es gab Fisch und Salat. Sie schlüpfte aus ihren Schuhen in dicke Wollsocken.
„Wie das duftet," meinte Hanna und setzte sich an den Tisch, „herrlich."
„Da ist Post für dich gekommen," meinte Filip und wies auf das Päckchen.
„Schon?" rief Hanna und sah ihn fragend an: „Jetzt öffnen oder erstmal essen?"
„Du wirkst aufgeregt. Der Fisch kann warten."
„Ich bin aufgeregt," bestätigte Hanna und riss den Umschlag auf. Fast ehrfürchtig übereichte sie Filip ein Buch.

Grindslanten, las er. Auf dem Cover ein Bild des Gemäldes in einem schrillen pinken Rahmen.

„Wow! Toll. Ich gratuliere dir. Dein erstes Buch!"

Filip hatte fast Angst, Fingerabdrücke auf dem Buchumschlag zu hinterlassen. „Wie fühlt sich das an?"

Hanna lächelte.

„Es fühlt sich unwirklich an. Es in den Händen zu halten ist etwas ganz Besonderes. Wenn man die eigenen Ideen so gebunden vor sich hat. Die ganze Arbeit komprimiert. Das ist ganz anders als ein Manuskript oder eine Zeitung mit einem eigenen Artikel."

„Das wirkt edler, hochwertiger."

„Genau. Das ist natürlich überhaupt nicht vergleichbar, aber vielleicht doch ein ganz, ganz, ganz wenig: als wenn man ein Kind bekommen hat."

„Ich bin stolz auf dich. Wie schnell das ging."

„Es war aber auch anstrengend."

„Wie eine Geburt," sagte Filip schmunzelnd, „jetzt darfst du ausruhen."

„Jetzt essen wir erstmal, was hier so gut riecht," erwiderte Hanna, „aber eins muss ich dir noch zeigen."

Sie klang fast etwas beiläufig.

Hanna nahm das Buch und griff nach einem Kugelschreiber im Regal hinter ihr. Als sie fertig geschrieben hatte, reichte sie das Buch Filip.

Er nahm es mit einem fragenden Blick und las:

„Ein Geschenk ist immer so viel wert wie die Liebe, mit der es ausgesucht wurde. Deshalb hier ein unendlich teures Buch für Filip, meine große Liebe, als Geschenk zu meinem Einzug. Hanna"

Und der Fisch war vergessen.

Epilog – Hamburg, Deutschland, heute

„Etwas höher," sagte Solveig, „ja, so ist gut."
Enrico markierte einen Punkt mit dem Zeigefinger und bat um einen Hammer. Den Nagel hatte er bereits zwischen die Lippen geklemmt. Drei Schläge, dann hängte er das Bild auf und trat zurück.
„Fertig, dann können die Gäste ja kommen."
Solveig lachte. „Ein wenig ist schon noch zu tun."
„Kleinigkeiten," wiegelte Enrico scherzhaft ab, „Brandschutz, Küchenabnahme, Kassensystem. Alles Pillepalle, wenn man Grindslanten an der Wand hat."
In wenigen Tagen sollte die Speise- und Gastwirtschaft LüttLiv eröffnet werden. Es war ein hartes Jahr der Vorbereitung gewesen, Pläne, Banken, Behörden, die Suche nach Personal. Die Hochphasen und die Selbstzweifel.
Aus der Küche kam Stephan, der Dritte im Bunde. Er hatte einen Fotoapparat in der Hand und zeigte zu einem der Fenster.
„Was für ein Licht."
Ein Sonnenstrahl brach sich in den alten metallgefassten Doppelscheiben und beleuchtete die Stühle und Tische, die auf die ersten Gäste warteten. Für Fotos waren sie eingedeckt; auf allen standen kleine Vasen mit echten Blumen, auf manchen Zuckerdosen. Oben an einer Wand hing ein Stück Treibholz, in den das Wort „Wohlfühlen" eingebrannt war.
Genauso wirkte der Raum. Wie ein Ort, an dem man sich Wohlfühlen könnte. Wo man sich als Gast zu Hause fühlen würde.
„Wisst ihr noch, wie uns in Malmö der Typ fragte, warum wir so viele Zuckerdosen kaufen würden?" fragte Stephan und wog eines der vielen unterschiedlichen Porzellanstücke in der Hand.
„Ja, oder als wir in Rödeby alle Möbel auf den Parkplatz gestellt hatten. Ich war mir so sicher, dass wir niemals alles in den Bus bekommen," meinte Solveig.
„Schön ist es geworden," stellte Enrico fest.
„Nur das Bild gefällt mir irgendwie nicht," meinte Stephan, „es ist so blass."
Enrico nickte. „Stimmt, aber mir gefällt der Rahmen und dieser 50er-Jahre chic."

„Ich habe mal gehört, dass man Gemälde reinigen kann. Über Jahre sammelt sich auf der Oberfläche Dreck an," sagte Solveig und trat an das Bild.

„Das geht nur bei Ölbildern, nicht bei Drucken."

„Aber das ist doch ein Ölbild."

Nun trat auch Stephan an das Gemälde.

„Das ist doch kein echtes Bild. Das ist ein wertloser Druck."

„Was heißt wertlos?" Solveig zeigte auf das Preisschild. „Trollets Loppis, 20 Kronen."

Sie lachten.

„Trotzdem ist es nur ein Druck."

„Echt."

„Druck."

„Echt."

„Druck."

Enrico streckte ein paar Finger in die Luft und machte den Schweigefuchs. Dann nahm er das Bild von der Wand und sagte: „Es gibt auch Kunstdrucke seit dem 18. Jahrhundert. Dann wäre es irgendwie auch echt."

Er hielt das Bild waagerecht in die Luft und sah mit schräggestelltem Kopf über die Oberfläche.

„Das ist kein Druck, hier, seht doch."

Er nahm sein Mobiltelefon und schaltete die Taschenlampe an. „Da, kleine Schatten. Und fühle doch mal." Er strich über das Bild. „Das hat eine Struktur."

„Woher weißt du, wie man das prüft?"

„YouTube."

„Na gut, es ist ein echtes Gemälde," gab sich Stephan geschlagen, „aber dann kann ich es auch reinigen."

„Bitte schön. Aber mache es nicht kaputt.

„Ist ja nicht das Original." Stephan lachte: „Bei einem 20-Kronen-Gemälde male ich zur Not was drüber."

Er ging in das Lager und kam mit Wattestäbchen und Waschbenzin zurück. Dann befeuchtete er das Stäbchen und begann, in der rechten unteren Ecke zu reiben.

Zunächst passierte gar nichts. Stephan wischte weiter, mit etwas mehr Druck. Langsam wurde die Stelle heller.

„Geht doch," sagte er zu sich selbst, immer noch etwas zerknirscht, nicht erkannt zu haben, dass es ein echtes Ölgemälde und kein Druck war.

Plötzlich wurde die Stelle dunkler.

Ein grüner Fleck wurde sichtbar. Stephan wischte weiter. Das war ein Glas, ganz sicher. Ein Glas mit einer grün leuchtenden Flüssigkeit.

„Schaut mal," rief er, da ist etwas unter dem Grindslanten."

Alle drei beugten sich über das Gemälde.

„Jetzt hast du es kaputt gemacht," meinte Solveig.

„Ich male etwas drüber," bot Stephan zerknirscht an.

Enrico schüttelte den Kopf. „Ich finde, es hat etwas Improvisiertes. Nicht perfekt. Das passt zu uns."

Er beschrieb einen Kreis mit den Armen. „Passt zu unseren Möbeln vom Loppis. Ecken, Kanten. Oder die Tischplatten: Mit Geschichte und Geschichten."

Er fuhr mit dem Daumen über die Riefen einer Eichholzplatte.

„Mir gefällt es auch," sagte Solveig. „Das grüne Glas erinnert mich an eine tolle Ausstellung in der Kunsthalle über den Impressionismus. Von Edouard Manet war da „Der Absinth-Trinker" zu sehen. Eindrucksvoll. Ich finde, das ist ein Glas Absinth. Passt doch in eine Bar."

„Aber auf die Karte kommt der nicht," meinte Enrico und hängte das Bild zurück, „nur an die Wand."

Solveig und Stephan nickten und die drei betrachteten das Gemälde. Vier Jungen, die sich prügelten und ein fünfter, der ihnen zusah. In der Ferne ein Haus und eine Kutsche. Ein Mädchen, das weinte. Und ein Glas Absinth, wo einmal ein umgekippter Korb mit Beeren zu sehen war.

Für einen kurzen Moment fühlte es sich tief in ihrem Inneren an, als wären sie in einer Ausstellung mit großer Kunst und das Gemälde vor ihnen ein wertvolles Original.

Danksagung:

Danke an Schweden, mit seiner wundervollen Natur und seinen knorrigen, liebenswerten Menschen, das mir in den Jahren eine zweite Heimat geworden ist. Vielen Dank an alle, die es so ähnlich vielleicht in echt gibt.

Manchmal ist schön, was sein könnte und nicht, was ist.

Gehe gern ins Café Mandeltårtan, vielleicht mit diesem Buch in der Hand, aber versuche nicht, das Gasthaus von Jossan zu finden.

Danke an Tomas Björk, unbekannterweise.

Und vielen, vielen Dank an Bettina und Sabine und Risto, Solli, Michael und Tinna.